KB096469

혼밥
판사

정재민 지음

혼밥
판사

창비

혼밥의 시대에
혼자 먹는 일

코로나19로 인해 그동안 한번도 살아보지 않은 삶을 체험하고 있습니다. 사람들은 서로 만나려 하지 않고, 만나더라도 악수를 하지 않습니다. 화장실에서는 볼일을 본 뒤 손을 씻지 않고 나가는 사람들이 싹 사라졌습니다. 얼마 전 지인의 결혼식에 갔더니 기념촬영도, 피로연도, 신혼여행도 없었습니다.

사람들의 얼굴은 마스크 뒤로 숨어버렸습니다. 법정에서는 판사도, 검사도, 변호사도, 피고인도, 증인도, 교도관도 마스크를 쓰고 재판을 합니다. 처음에는 불편했는데 마스크를 써버릇하다보니 익숙해졌습니다. 이제는 마스크를 쓰고 못할 일이 뭐가 있겠나 싶습니다. 마스크를 쓴 채 노래도 부르고, 축구도 하고, 심지어 섹스도 할 수 있을 것만 같습니다.

그러나 마스크를 쓰고는 도저히 할 수 없는 일이 있더군요. 식사입니다. 달인 김병만이 16년 동안 연습하더라도 마스크를 쓴 채로 밥을 먹을 수는 없을 것입니다. 그런데 코로나19 때문에 남들과 함께하는 식사가 졸지에 상어가 출몰하는 바다에서 스쿠버다이빙을 하는 것처럼 위험한 일이 되어버렸습니다. 그래서 혼밥이 일상화되고 있습니다. 마치 에이즈가 처음 출현했던 시대에 세계 각국에서 자위행위가 일상화되었던 것과 같습니다.(진짜 그런 일이 있었냐고 정색하고 물어본다면 마스크를 눈까지 올려 쓰고서 고개를 젓겠습니다.) 거기다 경제 사정이 나빠져 각자 알아서 먹고살아야 하는 각자도생의 시대가 열렸습니다. 바야흐로 회식의 시대가 가고 혼밥의 시대가 온 것입니다.

저의 첫 혼밥을 기억합니다. 아마 여섯살 때쯤이었을 것입니다. 크리스마스가 가까운 어느날이었습니다. 저는 동네 친구 집에서 텔레비전으로 어린이 프로그램을 보고 있었습니다. 손으로 채널을 돌려야 하는 흑백텔레비전 안에서 대여섯명의 산타클로스들이 염라대왕 앞에 좌우로 앉아 있었습니다. 뜻밖에도 그들은 정색하고 화를 내고 있었습니다. 세상에 나가보니 도저히 선물을 줄 수 없는 나쁜 아이들이 많다고 했습니다. 어떤 아이들은 선물은커녕 지옥에 던져 넣어야 한다고 했습니다. 이어서 아이들이 지옥불 속에서 비명을 지르는 장면이 나왔습니다. 저럴 수가. 푸근한 할아버지로만 알았던 산타클로스의 돌변한 모습에 충격을 받았습니다. 저도 지옥에 갈까봐 덜컥 겁이 났습니다.

저는 부랴부랴 친구 집을 뛰쳐나왔습니다. 차디찬 겨울바람이 쌩 쌩 부는 밤거리를 울면서 걸었습니다. 집에 오니 부모님이 놀라서 무슨 일이냐고 물었습니다. 저는 입을 다물었습니다. 솔직히 말하면 부모님이 내 죄가 무엇인지 추궁할 것 같았기 때문입니다. 아버지 몰래 100원을 주고 사서 책상 밑바닥에 숨겨놓았던 원탁의 기사의 신검 엑스칼리버가 내 양심을 쿡쿡 지르고 있었습니다. 아버지는 더이상 묻지 않고 어머니에게 "재민이한테 뭐 좀 먹여라"라고 하셨습니다.

제가 혼자서 방에 틀어박혀 있는 동안 어머니는 음식을 준비해서 제 방에 넣어주고 자리를 뜨셨습니다. 제가 그때 먹은 음식이 무엇이었는지는 정확히 기억나지 않습니다. 프라이팬에 노릇노릇하게 구운 두부였을 수도 있고, 슈퍼에서 사놓은 100원짜리 보름달 크림빵이었을 수도 있습니다. 얇게 부친 부추전이었을 수도 있고, 어머니가 시장에 갈 때마다 잊지 않고 사오시던 순대나 만두였을 수도 있습니다. 제가 호빵 중에 가장 좋아했던 야채 호빵이었을지도 모르고, 런던보다 아주 조금 낙후된 우리 동네의 유일한 빵집 런던제과에서 사온, 와이셔츠같이 하얀 기름종이에 담긴 고로케였을지도 모릅니다.

아무튼 그 음식을 먹으면서 저는 회복되기 시작했습니다. 두려움으로 쪼그라들었던 마음이 조금씩 펴지고, 가는 한숨을 길게 내쉬고, 솔솔 졸음을 느끼기 시작하고, 그러다 까무룩 잠이 들었습니다. 위로의 말이나 특별한 처방 없이도 회복했다는 느낌이 들었습니다. 그 뒤로 힘들고 지칠 때에는 혼자서 무엇인가를 먹으러 다니는 습관이 생겼습니다.

삶은 수시로 우리를 힘들게 합니다. 허무와 고독과 속박과 좌절이 호시탐탐 우리를 노립니다. 길을 걷다가 넘어져서 생기는 상처보다 타인에게서 받는 상처가 더 많습니다. 재판도 상처로 시작해서 상처로 끝납니다. 법정에서 원수처럼 싸우면서 상대의 가슴에 비수를 찌르는 이들은 다들 한때 누구보다 가깝던 사람들입니다. 형제자매였거나, 부부였거나, 연인이었거나, 오랜 친구였거나. 평소 데면데면하던 사이에서는 가해자가 사이코패스가 아닌 이상 큰 다툼도, 상처도 생기지 않습니다. 처음 상처는 당사자들끼리 주고받지만 마지막 상처는 판사가 줍니다. 판사가 되고 보니 막상 제가 여섯살 때 본 산타클로스가 되어 있었습니다. 판사는 겉으로는 온화한 태도와 말투를 갖고 있지만 실상은 당사자를 감옥에 보내거나, 거금의 손해배상을 명하면서 재판받는 사람들을 지옥에 빠뜨립니다. 판사 입장에서도 개인적으로 원한도 없는 재판당사자에게 아픈 판결을 내리는 것은 결코 달가운 일이 아닙니다. 재판 과정에서 당사자의 상처에 비할 바는 아니지만 판사도 상처를 입습니다. 화재를 진압하는 소방관이 화상을 입지 않을 수 없는 것과 같습니다. 그래서 재판을 하고 나면 뚜렷한 이유 없이 울적해질 때가 있습니다.

그럴 때 저는 먹습니다. 되도록 혼자 먹습니다. 많은 사람을 감옥에 보내거나 이혼을 시킨 날 저녁에는 남들 앞에서 편하게 웃으며 앉아 있을 힘도 없고 그럴 기분도 아니기 때문입니다. 그래서 재판을 마친 날에는 혼자 골목을 걸으면서 맛있는 음식을 찾아다니곤 했습니다. 자잘한 파가 촘촘히 박힌 따뜻한 계란말이, 돼지고기와 묵은지를 듬뿍 넣은 김치찌개, 부추를 가득 넣되 얇게 부쳐낸 부추전, 하얀 속살이 혀에 감기자마자 흐물흐물 녹아내리는 물곰탕, 달달한 케이크 조각 같은 것을 혼자서 천천히 먹고 있으면 마음이 한결 나아집니다.

가능하다면 그런 음식을 법정에 내어놓고 함께 먹고 싶었습니다. 판사, 검사, 변호사, 피고인이 각자의 자리에서 아무런 말없이 밥을 먹으며 숟가락, 젓가락이 달그락거리는 소리만 나도 좋을 것 같았습니다. 그러나 아무래도 현실의 법정에서는 그렇게 할 수 없어서, 저는 혼자 밥을 먹으러 가 밥상 위에 환상으로 재구성한 법정을 차리곤 했습니다. 그 법정에 잊을 수 없는 옛날 사건을 소환하거나, 옆 빈자리에 그 사건의 당사자를 초대하기도 했습니다. 이 글은 그렇게 혼자이면서도 혼자가 아니었던 한끼 한끼의 기록입니다. 이제 그 법정에 당신을 초대합니다.

차
례

1장

상처 입은 날이면
따뜻한 밥상이 그리워진다

라면,
구불구불 인생을 닮아 더 가까운

판사가 일하는 모습은 단조롭다. 일주일에 한두번 재판이 있는 날을 제외하면 종일 사무실 책상 앞에 앉아 있다. 슬리퍼를 신고, 와이셔츠를 입고, 왼쪽 엄지손가락 끝에 파란 골무를 낀 채 기록을 넘기고, 그러다 가끔 머리를 긁고, 고개를 갸웃거리고, 혼잣말을 내뱉고, 손가락으로 연필을 돌리고, 두꺼운 법률서적을 찾아보고, 턱을 괴고 생각에 잠기다가, 포스트잇에 무엇인가를 적어서 기록에 붙이는 일 따위를 반복한다.

주로 읽는다. 누가 누구를 때렸고, 어디를 찔렀고, 머리채를 어떻게 잡아끌었고, 어떻게 강간했고, 어떻게 추행했고, 무슨 거짓말을 해서 얼마를 사기를 쳤고, 필로폰을 어디서 구해서 몇 그램이나 투약했다는 등의 내용이니까 썩 아름다운 이야기는 아니다. 먹고, 자고, 출퇴근하는 시간만이 기록 읽기를 멈추는 때다.

기록은 사건이 진행되면서 점차 두꺼워진다. 사건의 종류마다 최종 기록의 두께는 천차만별이다. 당사자들이 자백이나 인정을 하면 비교적 얇은 기록이 되지만 다투는 지점이 많으면 그만큼 기록은 두꺼워진다. 판사들 사이의 은어로 '깡치'라 불리는 사건이 있다. 쟁점이 복잡하고 다툼이 많아서 기록이 너무 두꺼운 사건을 말한다. 당연히 읽는 데도 시간이 많이 걸리고 판결문을 쓰는 데도 공이 훨씬 많이 들어간다. 피고인이 자백을 하는 사건은 비교적 쉽기 때문에 하루에 서너건도 판결문을 쓸 수 있지만, 깡치 한건을 '떼기'(역시 판사들의 은어로 판결문까지 작성해서 선고하는 것을 말한다) 위해서는 사나흘씩 그 사건만 붙들고 밤낮으로 씨름을 해야 한다.

깡치를 떼고 나면 마치 학창시절에 중간고사나 기말고사가 끝난 듯한 기분이 든다. 몸과 정신이 아주 피곤한데도 그동안 고생한 것에 대한 보상을 받고 싶은 것인지 몸에 해로운 일탈을 하면서 더 놀고 싶어진다. 그런 날은 라면을 먹게 된다. 오늘도 테이블이 대여섯개밖에 없는 작은 분식집에 들어가서 라면과 김밥을 시켰다.

깡치를 뗀 날에는 라면이지

나는 사실 몸에 안 좋은 곳이 있어서 의사로부터 짠 음식을 먹지 말라는 조언을 자주 듣는다. 그런데도 나는 못 말리는 라면 중독자였다. 삼십대까지만 해도 참고 참아서 일주일에 서너번을 먹었다. 라면을 한동안 먹지 않으면 마치 흡연자가 한동안 담배를 못 피운 것처럼 금단현상이 생긴다. 얼큰한 라면의 자태가 만화의 말풍선처럼 내 얼굴 옆에 붙어 있는 것 같다. 얼큰하고 칼칼한 국물과 쫄깃한 면발, 입술로 그 면발을 빨아올릴 때 나는 그 요란한 소리가 자꾸 떠오른다. 라면 한 그릇을 먹을 때까지 계속.

그러니 결국 안 먹을 수가 없다. 일단 라면을 먹고 나면 그 모든 요란이 일시적으로나마 잠잠해진다. 하지만 이내 몸에 안 맞는 라면을 먹었다는 것에 후회가 몰려온다. 라면의 유혹에 이번에도 굴복했다는 것 때문에 자존감이 떨어지는 느낌마저 든다. 그러나 하루, 이틀이 지나면 똑같은 일이 반복된다. 라면 중독도 이 정도인데 마약은 얼마나 중독성이 심할까.

마약 사범을 전담으로 재판한 적이 있다. 필로폰을 투약하거나 사고파는 행위를 했다고 기소된 사람들을 재판했다. 일부 피고인들은 별의별 희한한 변명들을 한다. 빤한 거짓말도 하고, 교묘한 거짓말도 한다. 마약 전과가 많은 어떤 피고인은 또다른 마약중독자인 A에게 필로폰을 판 혐의로 기소되었다. 피고인은 펄쩍 뛰면서 부인했다. 자기는 A에게 필로폰을 준 적이 없을뿐더러 A를 지금 이 법정에서 처음 본다고 목소리를 높였다. 그러나 반대로 A는 자기가 피고인과 친하며, 같이 필로폰을 투약하거나 사러 다닌 적도 있다고 했다. 그러자 피고인은 벌떡 일어나서 나를 쳐다보면서 억울함을 도저히 못 견디겠다는 듯이 소리쳤다. "재판장님! 저도 뽕쟁이이지만 뽕쟁이 말은 절대 믿으면 안됩니다. 진짜 못 믿을 놈들입니다!" 그러자 다른 중독자인 A도 "저도 동감입니다"라고 말했다. 어느 크레타인 철학자가

"크레타인은 거짓말쟁이다"라고 말하면 논리학적으로 이 명제는 참인가, 거짓인가. 재판을 하다보면 이렇게 고차원적인 주장들도 자주 나온다.

그렇게 거짓말을 많이 하는 마약중독자들도 잘 하지 않는 거짓말이 있다. 스스로 마약을 끊었다는 것이다. 자신을 "시베리아 벌판에서 굶주리던 늑대"라고 지칭하던 어느 필로폰 중독자는 "칼에 꽂혀 있는 시뻘건 오소리의 간을 보고 그만 눈이 멀어서 핥아 먹다가 아가리가 칼에 베이는 줄도 몰랐습니다"라며 마약의 중독성을 시적으로 표현한 적도 있었다.(너무 문장이 좋아서 따로 적어놓았었다.) 나도 옛날에 노란 냄비에 담겨 있던 뻘건 라면을 보고 그만 눈이 멀어서 핥아 먹다가 나트륨에 몸이 베이는 줄도 몰랐다.

언젠가 헤비스모커인 고향 친구가 금연에 실패한 이야기를 하면서 (역시 담배를 피우면서 했다) 잠시 담배를 끊어봤자 결국 예전에 안 피웠던 것 이상으로 몰아서 피우게 되더라, 아무리 참아도 관 뚜껑이 덮이기 직전까지 다 몰아서 피울 것 같아서 그냥 피우기로 했다고 말했다. 그 말을 들으면서(나 역시 맞은편에 앉아 라면을 먹고 있었다) 내가 관뚜껑이 덮이기 직전에 참았던 라면 식욕이 폭발해서 산발을 한 채 냄비 뚜껑 대신 관 뚜껑에다 라면을 덜어 먹는 장면을 상상해보다가 그건 정말 아닌 것 같아서 그냥 젊을 때부터 먹고 싶을 때 라면을 먹기로 했다. 우리나라 국민이 1인당 라면을 연간 70개 이상 먹는다는 통계를 보면 라면 중독자가 나뿐만은 아닌 듯하다.

우리가 먹는 라면은 일본에서 왔다. 일본에 라면이 널리 퍼진 것은 제2차 세계대전 이후다. 중국의 점령지에서 중국식 라면에 맛을 들인 일본인들이 패전 후 대거 귀국하면서 라면을 찾은 것이다. 패전 후 일본에 미국의 원조 밀가루가 쏟아져 들어왔기 때문에 그걸로 라면을 만들어 먹는 경우가 많았다. 라면의 인기가 높아지자 인스턴트 라면이 개발되었다. 인스턴트 라면은 1958년 일본의 닛신식품에서 처음 나왔다. 초기의 라면은 스프 없이 면 자체에 양념이 되어 있었다고 한다. 닛신식품의 창업자인 안도 모모후쿠安藤百福는 어느 포장마차에서 주인이 어묵에 밀가루를 발라서 기름에 넣어 튀긴 음식을(지금의 핫바 같은 것이 아니었을까) 만드는 것을 보고 라면의 아이디어를 얻었다고 한다. 국수를 기름에 넣고 튀기면 국수 속 수분은 증발하고 그 자리에 작은 구멍들이 생긴다. 이 상태로 면을 건조시켰다가 다시 뜨거운 물을 붓고 끓이면 구멍들 사이로 물이 들어가서 면이 붇는 것이다. 한국 최초의 인스턴트 라면은 1963년 삼양식품에서 나온 '삼양라면'이다. 국민들의 관심이 대단해서 대통령에게까지 보고가 되었다. 박정희 대통령이 라면을 맛보고서 "고춧가루와 양념을 더 넣어서 맵고 짜게 만들라"라고 조언했다고 한다.

삼양라면 출시 이래 우리나라의 라면은 눈부신 발전을 거듭했다. 지금 '신라면'은 전 세계 100개국 이상에 수출된다. 신라면은 한국 기업들이 개성공단 근로자들에게 나누어주면서 북한에서도 인기가 높다. 북한에서는 부유한 순서에 따라 한국 라면, 중국 라면, 북한 라면 순으로 먹는다고 한다.

라면의 마력은 끓일 때부터

라면의 역사가 진행되면서 오늘날 전수된 라면 요리법도 다양해졌다. 라면에 설탕을 넣으면 면이 쫄깃해진다. 스프를 줄이고 대신 간장을 넣으면 국물이 정갈해진다. 멸치나 가쓰오부시를 넣으면 깊은 육수 맛이 난다. 양파껍질을 넣고 끓이면 면의 기름기가 빠져서 담백해진다. 오징어나 홍합을 넣으면 해물 맛이 난다. 소시지를 넣으면 이른바 '존슨탕'처럼 구수해진다. 라면에 우유나 콜라를 넣는 사람들도 있다.

김밥 한줄이 담긴 흰색 접시와 라면에서 김이 모락모락 올라오는 노란색 양은냄비가 내 앞에 도착했다. 먼저 두 손을 공손히 모으고 라면의 먹음직스러움을 일단 시각적으로 맛봤다. 꼬들꼬들한 면과 그 위에 잘게 썰어 올린 파와 고추 고명이 마치 살아 있는 것처럼 미세하게 꼼지락거렸다. 라면 인기의 2할은 비주얼에 있다. 라면의 비주얼이 매력적인 이유는 면, 국물, 고추기름, 달걀노른자, 양은냄비가 일사불란하게 주황색 계통을 지향하기 때문이다. 옷을 입을 때 구두도, 머리핀도, 스카프도 같은 색 계통으로 '깔맞춤'하는 것과 같다. 주황색이라는 색깔 자체도 매력적이다.

노른자와 흰자가 적절히 뒤섞여 풀린 달걀이 국물에 반신욕을 하듯 절반 정도 몸을 내어놓고 있다. 달걀이 풀려 있는데도 국물이 탁하지 않다. 잘 끓인 라면이다. 끓이는 사람의 센스가 느껴진다. 자칫하면 달걀이 물과 스프를 흡수해 적정 농도를 흐트러뜨리기 십상이다.

특히 달걀을 넣고 별생각 없이 마구 휘저어버리면 라면 국물이 탁해진다. 이를 막으려고 스프를 넣기 전에 달걀부터 어느 정도 익혀놓거나 아예 달걀을 따로 삶아 라면에 올리는 집도 있다. 또 라면에 들어 있는 떡은 나중에 먹어야 한다. 국물을 어느 정도 흡수해야 더 맛있기 때문이다.

젓가락은 쇠젓가락보다 나무젓가락이 좋다. 라면을 먹을 때에도 면발을 집는다기보다는 (빨랫줄에 빨래를 널 듯) 젓가락 위에 면발을 널어놓는 느낌으로 젓가락을 사용하는 것이 좋다. 그래야 면이 공기를 많이 머금어 더 쫄깃쫄깃해진다. 라면의 면발은 칼국수보다 가볍게 느껴진다. 꼬불꼬불 말려 있기 때문이다. 초등학생 딸을 안을 때 딸이 짓궂게 나를 힘들게 하려고 몸을 축 늘어뜨릴 때가 있는데 그러면 무겁다. 반대로 딸이 두 팔로 내 목을 감고 다리를 올려 착 달라붙으면 가벼워진다. 꼬불꼬불 말려 올라간 라면이 축 늘어진 칼국수보다 가벼운 이유다. 그러고는 호로로로로로록! 진공청소기처럼 면발을 빨아들인다. 라면 인기의 또다른 2할은 이 소리에 있다. 꾸불꾸불한 면이 입술 사이에서 이리저리 부딪히면서 마찰음을 낸다.

남은 라면 인기의 비결 6할 중에서 적어도 5할은 매운맛에 있다. 사실 매운맛은 단맛, 짠맛, 쓴맛, 신맛, 감칠맛과 같은 진짜 맛에 속하지 않는다. 매운맛은 통증이다. 매운맛의 주성분인 캡사이신이 혀에 있는 통각 수용체에 닿으면 몸에서 통증 반응이 일어난다. 어느 라면의 광고카피처럼 사나이도 울린다. 눈물이 나고, 땀이 나고, 열이 난다. 맥박이 빨라지고 숨이 가빠진다. 거기다가 뜨거움도 느낀다. 그러면 라면을 먹는 사람의 몸은 마치 불에 타고 있는 것처럼 고통과 불안을 느낀다. 그러나 머리는 몸이 불에 타고 있지 않다는 것을 안다. 그래서 그 고통을 즐길 수 있는 것이다. 공포영화를 즐길 수 있는 원리와 같다. 동물들은 매운맛을 즐기지 않고 두려워서 피한다고 한다. 몸과 머리가 따로 노는 인간만이 매운맛을 즐길 수 있는 것이다. 괴로움에서 즐거움을 느끼는 것. 일종의 마조히즘이다.

꼬불꼬불한 추억

같은 라면도 집에서 만든 것보다 분식집에서 먹는 것이 훨씬 맛있다. 고등학교를 다닐 때 야간 자율학습을 마치고 이웃에 있는 대학교 구내식당에 들러 라면을 먹곤 했다. 한 그릇에 600원이었나. 쌌지만 지금도 그보다 더 맛있는 라면을 모른다. 돌아보면 불의 화력이 좋았기 때문인 것 같다. 수십명 분 국물을 끓이는, 원전 발전소같이 생긴 커다란 국통을 여러개 올려놓던 화로에서 라면이 담긴 양은냄비를 데웠으니, 발전소에서 곧장 휴대폰을 충전하는 것과 같다. 면이 순식간에 익어버리는 만큼 질감이 특이했다. 마치 건면 같은 느낌이 들 정도였다.

어릴 적 어머니 대신 아버지가 처음으로 라면을 끓여준 날도 기억에 어렴풋이 남아 있다. 그날따라 무슨 이유인지 가스레인지를 사용할 수가 없어서 등산용 버너로 라면을 끓였다. 냄비도 등산용 코펠 뚜껑을 뒤집어서 끓였다. 정말 맛있었다. 아버지가 다시 보인 날이었다.

어릴 적에는 냄비 뚜껑 위에 라면을 덜어놓고 식혀가면서 먹는 것도 재미가 있었다. 냄비 뚜껑을 일부러 찬물에 씻어서 차갑게 만들고 그 위에 뜨거운 면을 올려놓으면 뜨겁고도 서늘한 것이 묘했다. 학교에서 아이들이 라면스프를 쳐가며 생라면을 간식으로 씹어 먹던 것도 그 시절 흔히 볼 수 있던 풍경이었다.

라면에 얽힌 추억을 말하자면 한도 끝도 없지만 가장 심각하게 남아 있는 두가지 기억이 있다. 모두 강원도 화천의 전방부대에서 군검사로 근무할 때의 일이다. 내가 살던 군 간부용 숙소는 읍내에서도 구석진 곳에 있었다. 전임자가 2002년 월드컵 당시 우리나라 대표팀이 이탈리아를 꺾고 8강에 갔을 때, 스페인을 꺾고 4강에 진출했을 때 기뻐서 태극기를 들고 밖으로 뛰쳐나왔으나 불빛 한점, 소리 하나 찾기도 어려웠다고 하던 곳이다.

우리 사단에서 누군가가 죽으면 내가 직접 현장에 가봐야 했다. 밤에 혼자 자다가 휴대전화 벨이 울리면 항상 헌병계장이 누군가가 죽었다는 소식을 전했다. 자살이나 사고가 대부분이었다. 그날 새벽에 온 전화도 마찬가지였다. 헌병계장은 특유의 허스키하고 굵은 목소리로 하사 A가 군화 끈에 목이 묶인 채 계단 난간에 매달려 있다고 전했다. 시계를 보니 새벽 세시였다. 불빛 하나 없는 전방의 컴컴한 산길을 당시 중위의 한달 월급을 주고 산 중고, 일명 '팬찬트라'(엘란트라) 승용차를 몰고 혼자서 달렸다. 굽이굽이 꺾인 길 위로 검은 산이 새롭게 나타날 때마다 오싹한 느낌이 들었다. 숲속을 지나면 별안간 흰 소복을 입은 여자 귀신이 자동차 보닛 위로 툭 떨어져서 고개를 쳐

들고 쳐다볼 것 같았다. ('라면 먹고 갈래요?')

　현장에 도착하니 3층 건물 앞으로 바리케이드가 쳐져 있었다. 건물 안으로 들어서자 과연 중앙 계단 위쪽에 시체가 매달려 있었다. 열린 창문으로 들어오는 바람에 시체가 회전문처럼 빙글빙글 돌고 있었다. 185센티미터의 장신이었다. 내가 ㄱ 아래로 다가가 위를 올려다보자 A는 눈꺼풀을 게슴츠레하게 뜨고 혀를 조금 내민 채 나를 내려다보고 있었다.

　현장에 차려진 사무실에서 헌병계장이 사건의 개요를 설명해주었다. A는 이미 한달 전에 자살을 시도한 적이 있었다. 바로 그 건물 옥상에서 뛰어내렸는데 나무에 걸리는 바람에 다리만 부러지고 자살에는 성공하지 못했다. 3주간 입원하면서 깁스를 해서 다리를 고쳤다. 다리가 다 낫자마자 이렇게 목을 맨 것이었다. 유족을 찾아보니 아버지, 어머니, 친형이 모두 뿔뿔이 흩어져서 살고 있었다. A의 부고를 전하자 아버지, 어머니, 친형 모두가 심드렁하게 그의 장례는 알아서 치러달라고 했다. 와보겠다고 말하는 가족이 아무도 없었다.

　지금과는 매우 달리 꿈 많고 순수하던 스물일곱살의 나는 그런 상황을 믿을 수도, 납득할 수도 없었다. 나는 그의 형에게 부검도 해야 하고 장례식도 있으니 형이라도 와야 하지 않겠느냐고 설득했다. (지금이라면 그런 오지랖 넓은 행동은 하지 않았을 것이다.) 부검은 다음날 아침에 곧바로 개시됐다. 부검 중 그의 형이 도착했다. 키가 작고 왜소했다. 그는 가죽점퍼를 입고 두 손을 청바지 뒷주머니에 꽂은 채 동생을 부검하는 장면을 쳐다보다 피식피식 웃었다. 그는 라면

한 그릇 먹을 시간 정도 머무른 다음 나에게 다가와 알아서 잘 처리해달라고 말하고는 떠나버렸다. 나는 왠지 A가 자살한 이유를 알 것 같았다.

A의 평소 습관 중 두가지가 특이했다. 하나는 너무 내성적이어서 병사들에게조차 존댓말을 썼다는 점이다. 둘은 저녁에 숙소 구내식당에서 항상 혼자 밥을 먹었는데 메뉴가 한결같이 라면과 공깃밥이었다는 것이다. 나는 그가 커다란 등짝으로 다른 모든 사람을 등지고 혼자서 라면에 밥을 말아먹는 장면을 떠올렸다. 그 뒤로 오랫동안 혼자서 라면을 먹고 있는 사람의 등짝을 보면 A가 떠올랐다.

탈영병과 먹은 라면 세 그릇

의무대 소속 일병 B는 탈영병이었다. 탈영 직후 산속에 이틀 동안 숨어 있던 그는 너무 춥고 배가 고파서 제 발로 마을에 내려왔다가 헌병에게 붙잡혔다. 이튿날 헌병이 B를 포승으로 묶고 차에 태워서 사단 법무부로 데리고 왔다. B는 내 책상 맞은편에 놓인 철제 의자 위에 앉았다. 그는 뜻밖에도(탈영병이라면 왠지 람보나 코만도처럼 체격이 좋고 근육이 우람하고 큰 총을 들고 다닐 것 같다는 선입견이 있었던 것 같다) 체격이 왜소하고 눈빛에는 불안이 가득했다. 조서를 작성하려고 컴퓨터를 켜고 그에게 진술거부권을 고지하다가 나는 문득 "그런데 밥은 먹었니?" 하고 물어보았다. 그는 아무런 대답을 하지 않았다. 그건 분명 진술거부권 행사는 아니었다.

산에 갔다가 배가 고파서 제 발로 내려왔다고 한 만큼 일단 뭘 좀 먹이고 싶었다. 수사고, 탈영이고, 처벌이고, 군 복무고 다 먹고살자고 하는 일이니까. 나는 법무부 안에 있던 휴대용 버너로 라면을 두개 끓였다. 나는 끼니를 굶지 않았지만 라면중독자로서 내 것도 하나 같이 끓었다. B의 수갑을 풀어주고 B를 소파에 앉힌 다음 라면 그릇을 주었다. B는 라면 한 그릇을 말 그대로 두세 젓가락 만에 다 먹어치워버렸다. 한 십초 걸렸나. 나는 라면 한 젓가락을 뜨고 있다가 그 모습을 보고 그대로 몸이 굳어버렸다. 내 것도 안 줄 수가 없다는 느낌이 들었다. 내 그릇을 내밀었더니 B는 조금도 사양하지 않고 순식간에 다 먹었다. 나는 나가서 라면 하나를 더 끓여주었다. 비로소 그의 눈빛과 표정이 조금 풀리는 듯했다.

나는 그에게 탈영 동기를 물었다. 그는 그냥 군생활이 힘이 들어서라고만 답했다. 혹시 누가 괴롭혔는지 거듭 물어도 번번이 그런 사람은 전혀 없다고 했다. 예전에도 탈영을 두번 한 적이 있는데 기록상 그때도 별 동기가 없었다. 두달 뒤 열린 재판에서 재판부가 징역 1년에 집행유예 2년을 선고했다.

그런데 수사 과정에서나 재판 중에는 별말이 없던 B가 재판장이 판결을 선고한 직후에 법정에서 말했다. "재판장님, 제가 탈영한 것은 동료들에게 괴롭힘을 당했기 때문입니다." 나는 그가 집행유예의 뜻 (유죄이지만 이제 곧 풀려난다는 것)을 잘 몰라서 당장 감옥에 1년을 가야 하는 줄 알고 급하게 변명을 끄집어낸 것일지도 모른다고 생각했다. 사람들이 자리를 뜨는 어수선한 법정에서 나는 그에게 집행유

예의 뜻을 설명해주었다. 그는 내 말을 듣고는 아무 말이 없었다.

그날 한밤중에 또다시 전화벨이 울렸다. 그 순간 왠지 소름이 끼쳤다. 역시나 헌병계장이었다. B가 자살했다고 전했다. 나는 이번에도 차를 몰고 심야에 출동했다. 의무대 천장에 목을 맨 B를 올려다봐야 했다. 달빛 아래 B의 얼굴은 희고 차갑게 식어 있었다. 라면을 먹이면 생기가 돌아올까. 눈앞이 뿌옇게 흐려지더니 눈물이 흘러나왔다. 그와 라면을 함께 먹지 않았다면 흐르지 않았을 눈물이었다. 야속하게도 나는 B의 부검에도 참여해야 했다. 그래 봤자 그의 속마음을 읽을 수 없단 걸 알면서도 부검 때 그의 갈라진 흉강에 시선이 오래 머물렀다.

나는 헌병과 공조해서 의무대 부대원들에 대한 대대적인 조사를 시작했다. 그 결과 두 병장이 지속적으로 B를 괴롭혀왔다는 사실을 밝혀냈다. 뒤늦게 깨달았다. 재판이 선고된 직후 B가 그런 말을 한 것은 이제 곧 풀려난다는 집행유예의 뜻을 오히려 잘 알고 있었기 때문이라는 것을. 곧 원래 있던 부대로 되돌아가 자신을 괴롭히던 사람들을 마주하는 게 두려웠기 때문이라는 것을. 왜 그런 쪽으로 생각해보지는 못했을까.

그날의 사건은 법조인으로서 일의 무서움을 처음 체감한 계기였다. 내가 과연 그런 일을 감당할 자격이 있는지 고민하기 시작한 것도 그때부터였다. 이후 한동안 라면을 먹지 못했다. 그러다 시간이 흐르고 나이가 들면서 그 시절의 순수함도 그때의 죄책감도 희석되었고 나는 다시 라면을 먹기 시작했다.

돼지갈비,
사람 사는 일도 이렇게 달콤할 수 있다면

저녁 먹을 곳을 찾아 걷다가 어느 골목에 접어들었다. 나도 모르게 콧구멍이 벌렁거렸다. 여러가지 양념 냄새에 뒤섞인 진한 고기 냄새였다. 마이야르 반응이군. 단백질의 아미노산과 탄수화물의 당 분자가 불을 만나서 결합하면 고기가 익어가면서 침샘과 위벽을 자극하는 냄새를 발산하는 화학적 반응을 말한다. 음식의 맛은 주로 냄새가 좌우한다. 혀보다는 코로 맛보는 것이다. 사람이 혀로 느끼는 맛은 신맛, 단맛, 짠맛, 쓴맛, 감칠맛, 이 다섯가지뿐이다. 혀에는 미뢰라는 감각기관이 있다. 꽃봉오리처럼 생겼기 때문에 '맛봉오리'라고도 부른다. 하나의 맛봉오리 안에는 100개 안팎의 미뢰 세포가 있다. 음식물이 물이나 침에 녹아서 분자나 이온 상태의 물질이 되어 미뢰 세포의 표면에 닿으면 맛 수용체가 반응하면서 미각신경을 통해 미각중추에 자극을 전달한다. 미각중추는 맛에 따라 다른 양의 도파민을 내보

넘으로써 사람이 맛에 따라 다른 쾌감을 느끼게 된다. 맛 수용체는 30
종이라고 한다. 단맛 1가지, 신맛 1가지, 짠맛 1가지, 감칠맛 2가지, 쓴
맛 25가지. 반면 향의 수용체는 338종이다. 5종의 맛과 338종의 향으
로 만들어낼 수 있는 조합은 1조개가 넘는다고 한다. 맛은 무궁무진
한 것이다.

음식과 맛이 이러한 화학적·기계적 메커니즘을 통해서 먹는 이의
영혼의 스크린에 투사하는 화면의 종류는 훨씬 더 복잡다양하다. 음
식을 보자마자 관련된 추억이 떠오르고, 음식을 한입씩 삼킬 때마다
몸의 상태가 조금씩 변하면서 온몸으로 번져나가는 감정이 달라진다.

둘이 먹다가 하나가 죽어도 모른다

돼지갈비 냄새를 맡으면 어릴 적 드물었던 가족 외식이 떠오른다.
돼지갈비는 단골 메뉴였다. 우리 가족이 자주 가던 천장 낮은 돼지갈
빗집은 훈민정음이 세로로 적히고 낙서와 그을음이 가득한 창호지가
벽에 발라져 있었다. 검게 탄 찌꺼기가 눌어붙은 불판 앞에 앉아서 어
린 나는 엄지와 검지로 돼지갈비를 집은 채 요리조리 각도를 틀면서
갈비를 뜯었다. 밥 두 공기는 거뜬히 비워내곤 했다. 어머니는 너무
맛있을 때마다 "이건 둘이 먹다가 하나가 죽어도 모른다"라고 표현하
곤 했다.

이미 냄새에 포박당한데다가 어릴 적 추억마저 떠올랐으니 오늘은
돼지갈비를 먹지 않을 도리가 없다. '돼지갈비'라는 붉은 고딕체의 글

자가 세로로 적힌 유리문을 옆으로 밀어젖히고 가게 안으로 들어섰다. 오십대로 보이는 남자가 다가왔다. 뿔테 안경을 끼고 면바지에 셔츠를 입은 것이 돼지갈빗집 사장보다는 대학교수에 어울리는 분위기를 풍겼다. 그는 나에게 혼자냐고 물었다. 내가 그렇다고 하자 떨떠름한 기색을 숨기지 않았다. 손님 한명으로 테이블 하나가 채워지기 때문이다. 혼자 밥을 먹으러 다니면 종종 겪는 일이다.

삼국지 장비의 배처럼 불룩하게 솟은 무쇠 불판 앞에 앉았다. 곧이어 밑반찬으로 얇게 자른 무와 함께 된장에 무친 고추가 나왔다. 아! 이런 반찬이라니! 된장에 무친 고추의 유혹은 치명적이다. 초록색 계통의 고추와 노란색 계통의 된장은 색깔도 화려하게 어울린다. 젓가락으로 고추 조각을 집어 먹었다. 고추의 매운맛과 된장의 구수한 맛이 정신을 빠짝 죄었다 놓았다. 덕분에 법원에서부터 돼지갈빗집까지 내 꽁무니를 졸졸 따라온 오늘 재판에 대한 아쉬움이 뜨거운 불맛을 본 강아지처럼 훌쩍 달아나버렸다.

소가 웃을 일입니다

아저씨가 불판에 참숯을 어설프게 넣는 것을 보고 있으니 예전에 재판한 이혼사건의 주인공인 어느 돼지갈빗집 부부가 생각났다. 돼지갈빗집 주인인 아내가 남편을 상대로 이혼 소송을 제기한 사건이었다. 이혼 재판은 조정을 시도하는 것을 원칙으로 한다. 조정실에는 흔히 재판장이 가운데에 앉고 양옆으로 남녀 조정위원이 앉는다. 맞은편에 원고와 그의 변호사, 피고와 그의 변호사가 나란히 앉는다. 오십대 부인인 원고가 들어왔다. 목에는 알이 굵은 진주목걸이가, 귀에는 금줄이 길게 늘어진 귀고리가 치렁치렁 매달려 있었다. 화장도 짙었고, 높게 치솟은 헤어스타일도 미장원에서 막 만들어 온 것 같았다. 그녀는 보물선 속 보물상자같이 큼직한 명품 가방을 테이블 위에 보란 듯이 올려놓았다.

그런데 어딘가에서 구수한 냄새가 풍겼다. 조정실이 서너평에 불과해서 당사자가 풍기는 냄새를 맡을 때가 있다. 긴가민가하다가 그 냄새가 돼지갈비 냄새라는 것을 그녀의 직업이 적힌 기록을 보고서야 확신할 수 있었다. 뒤늦게 들어온 남편은 대조적이었다. 평범한 면바지에 셔츠를 입었을 뿐인데 키가 크고 몸이 날씬해 세련돼 보였다. 돼지갈비 냄새는커녕 아쿠아 계열의 스킨 냄새가 났다. 두툼하고 거친 아내 손과 대조적으로 남편의 손가락은 희고 길었다. 손목에는 가죽끈으로 묶인 세련된 시계가 채워져 있었다.

원고가 제출한 서면에 따르면 남편은 25년 결혼생활 중에 직업이 있었던 기간이 도합 5년이 채 되지 않았다. 남편의 실직이 길어지자 부인이 자식들을 먹여 살리기 위해 할 수 없이 나서서 돼지갈빗집을 차렸다. 가게는 금세 맛집으로 소문이 났다. 남편은 일을 열심히 돕지 않았다. 힘든 일은 모두 아내가 하고, 남편은 설렁설렁 홀에서 손님을 맞이하는 일을 했다. 남편이 가장 열심히 한 일이 카운터에서 돈을 받는 것이었다. 그러면서 현금을 슬쩍슬쩍 훔쳤다. 그렇게 모은 비자금으로 여자를 만났다. 그것도 동시에 두명을. 아내는 증거를 잡고 남편을 상대로 외도 사유를 들어 이혼 소송을 제기했다.

그러나 남편은 발뺌했다. 남편의 변호사는 제출한 답변서에서 아내의 외도 주장에 대해 "소가 웃을 일입니다"라고 논평했다. '소가 웃을 일'이라는 표현은 말도 안된다는 뜻으로 변호사가 작성하는 서면에서 간혹 볼 수 있다. 변호사의 서면에 정치한 법 논리만 가득 담겨 있을 줄 알았던 나는 초임 판사 때 이런 표현을 처음 보고 뜻밖이라고 생각했다. 동시에 의문스러웠다. 왜 말도, 돼지도 아니고 소가 웃는다고 했을까. 하긴 "히이이이이잉" 하고 자주 웃는 말이나 쉼 없이 "꿀꿀꿀꿀" "킁킁킁킁" 대는 돼지가 아니라 느릿느릿 점잖은 소가 이를 씩 드러내고 귀밑까지 입을 찢어서 웃는다고 생각하니 다른 어떤 동물보다도 더 웃기긴 할 것 같았다.

남편은 돼지갈빗집에서 나름대로 "뼈 빠지게" 일을 했기 때문에 수입에 절반의 지분이 있으므로 현찰을 가져간 것에 아무런 문제가 없다고 했다. 남편이 계속 외도를 부인하자 부인의 변호사가 남편의 통화내역 조회를 신청했고 나는 그 결과가 나올 때까지 재판을 연기했다.

아내의 바람이 반가운 남편

아저씨가 양념에 재운 돼지갈비를 스테인리스 대접에 담아 들고 왔다. 돼지갈비는 사람의 심장처럼 검붉고 물컹물컹했다. 곳곳에 양념이 잘 스며들게 하려고 내놓은 칼자국도 있었다. 아저씨가 집게로 돼지갈비를 불판 위에 올리자 양념이 뚝뚝 떨어지며 치이이익 소리를 냈다. 시뻘건 고깃덩어리가 이내 커피색으로 변해갔다. 돼지갈비 양념은 다종다양하다. 간장이나 고추장을 기본으로 생강, 마늘, 파, 소주 등을 넣는 경우가 다수지만 특이하게 한약재나 춘장을 넣는 집도 있다. 그 이혼 사건에서 돼지갈빗집 사장인 부인은 양념에 커피를 넣었다. 커피를 넣으면 고기의 누린내가 없어지고 맛도 고급스러워진다고 했다. 그것이 그 맛집의 비결이었다.

몇주 후 남편의 통화내역 조회 결과가 도착했다. 살펴보니 과연 남편은 이혼 소송 제기 직전까지도 수시로 두명의 내연녀와 장시간 통화를 했다. 통화는 밤과 새벽에 집중됐다. 그런 자료를 앞에 두고도 남편은 외도를 부인했다. 자신의 부인과는 달리 그녀들은 자기 말을 잘 들어주기 때문에 자연스레 통화를 오래 하게 되었을 뿐이지 실제 만난 적은 거의 없다고 했다. 심지어 전화를 자주, 오래 한 것이 서로 만나지 않았다는 증거라는 논리도 폈다.

남편이 이혼을 당하지 않으려고 필사적으로 노력하는 이유를 짐작하기는 어렵지 않았다. 이혼을 하면 실업자가 된다. 열심히 일하지 않아도 짭짤하게 현금을 얻을 수 있었던 돼지갈빗집이라는 직장을 잃게 된다. 그 나이에 이제 와서 새 직장을 구하기도 어렵다. 돈이 없으면 여자를 사귀기도 어려워진다. 수임료가 꽤 비싸 보이는 전관 변호사를 구해 방어에 나선 것도 그 때문일 것이다. 그 수임료도 결국 따지고 보면 아내가 번 돈에서 나왔겠지만.

부적절한 통화내역이 드러나자 남편과 그의 변호사는 이혼을 면하

기 위한 새로운 전략을 마련했다. 부인의 외도 사실을 찾는 것이었다. 부인도 외도를 했다면 원고가 혼인관계 파탄에 책임이 있는 이른바 유책배우자가 되어서 이혼 청구는 기각될 수 있다. 유책배우자의 이혼 청구는 허용되지 않는다는 게 판례다. 그래서 남편의 변호사는 법정에서 부인의 통화내역과 출입국기록 조회를 신청했다. 그리고 한 달 뒤 법정에 나타난 남편은 마치 산삼이라도 발견한 심마니처럼 문서들을 한 손에 들어 올리며 득의양양하게 말했다.

"재판장님. 원고가 바람을 피웠다는 증거를 제출하는 바입니다. 원고는 J라는 작자하고 몇년 전부터 밤낮없이 수시로 전화 통화를 해왔습니다. 출입국 기록을 보면 원고가 몇달 전에 홍콩에 다녀왔는데 그때도 J라는 놈과 같이 다녀왔다는 것을 알 수 있습니다. 자기가 이렇게 추잡스러운 짓을 하고도 그걸 덮으려고 내가 바람을 피웠다고 덮어씌운 것입니다. 재판장님, 원고를 엄히 처벌해주시고 다시는 이혼소송을 못하게 해주십시오."

자기 아내가 바람을 피웠다는 것을 발견하고 그토록 밝은 표정으로 들뜬 목소리를 내는 남편은 처음이었다. 그때 내가 대꾸할 겨를도 없이 부인이 자리에서 벌떡 일어나서 남편에게 삿대질을 하며 이렇게 말했다.

"아이고, 이 인간아. J가 네 사위다. 얼마나 집구석에 관심이 없으면 니는 네 사위 이름도 모르나? 딸 이름은 기억하나? 네가 설 연휴 동안에도 바람 피운다고 집구석에 안 들어올 때 내하고 네 딸하고 네 사위하고 이렇게 홍콩 다녀왔다, 이 썩을 인간아."

위풍당당하던 피고는 그 말에 머리를 얻어맞기라도 한 것처럼 멍한 표정으로 자리에 털썩 앉더니 입을 다물어버렸다. 이어서 그토록 이혼하지 않겠다고 버티던 입장을 뒤집고 이혼에 응하겠다고 말했다. 뜻밖이었다. 외도의 증거 앞에서도 끄떡없던 그가 사위의 이름조차 몰랐다는 사실에 무너지다니. 나는 이제 당사자들 사이에 이혼은 합의됐으니 다음 기일까지 재산 분할에 대해 입장을 제출해달라고 요청했다. 그러자 이번에는 부인이 울기 시작했다.

하얀 마늘을 불판 위에 뿌렸다. 마늘을 구우면 드센 맛이 사라지고 부드러워진다. 사람이 뜨거운 인생의 맛을 보면서 그렇게 되듯이. 집게로 고기를 집어들고 가위로 최대한 두껍게 잘랐다. 고기는 두꺼울수록 씹는 맛이 살아난다. 생고기를 두껍게 자르면 속이 제대로 익지 않지만 양념갈비는 곳곳에 칼집이 나 있어서 속이 잘 익기 때문에 두껍게 잘라도 무방하다.

고기 한점을 집어 먹어보았다. 양념과 육즙이 해안가의 파도처럼 어금니 깊숙한 곳까지 파고들었다. 고소하고도 달짝지근했다. 단맛을 배로 낸 것인지, 설탕으로 낸 것인지, 물엿으로 낸 것인지 궁금했다. 고기를 한번씩 더 씹을 때마다 양념과 육즙과 내 침의 아밀라아제가 뒤섞이는 농도가 달라져 맛이 다르게 느껴졌다. 나는 만족감에 취해 고개를 끄덕거리다가 혼자서 씩 웃었다. 마치 소가 웃듯이. 흥겨워진 나는 이어폰을 귀에 꽂고 엘비스 프레슬리의 「Tutti Frutti」를 틀었다. "밥 빠빠 룰라 왑 밥뿌, 두리 뿌리 오 루리, 두리 뿌리 오 루리" 음악에 맞춰 고기를 씹으며 고개를 끄덕인다. 왠지 돼지갈비엔 로큰롤이 어울린다.

나는 소주 한병을 시켜 혼자 잔을 따르고 한입에 털어 넣었다. 한두 잔 더 마시자 예전 그 이혼 소송의 부인이 내 맞은편 자리에 소환됐다. 재판 때 본 것보다 훨씬 편해진 얼굴이었다. 나는 잔을 들어 그녀의 진과 부딪치고는 그때 법정에서 삼켰던 말들을 끄집어냈다.

"이혼이 합의되고 펑펑 우셨는데 어떤 마음으로 우신 겁니까? 저는 그 울음소리가 원고께서 새로운 인생을 출발하는 소리로 들렸습니다. 마치 커다란 오토바이가 질주하기 전에 '붕붕붕' 하는 소리처럼. 그동안 열심히 사셨으니 이제는 인생을 즐기셔도 되지 않겠습니까? 돼지갈비 냄새가 얼씬도 못하도록 좋은 향수도 뿌리고, 성실하고 진실한 새 남자도 만나고."

그녀는 소처럼 허허 웃다가 또다시 펑펑 울기 시작했다. 나는 소주 한잔을 더 들이켜고 돼지갈비 한 조각을 입에 넣었다.

칼국수,
세상 가장 푸근한 '칼'

  빨간색 고딕체로 '칼국수'라고 적힌 허름한 간판이 바람에 흔들리며 달그락달그락 내게 오라 손짓했다. 쌀쌀한 날에는 칼국수의 유혹을 뿌리칠 수 없다. 나는 속수무책이 되어 좀비처럼 칼국숫집으로 향했다. 면발을 호록, 호로로로록 입속으로 빨아 당기는 환청이 구령 붙이는 호루라기 소리처럼 발걸음을 재촉했다.

  가게 안으로 들어서자마자 마침 주인아주머니가 입구 유리벽 쪽에 있던 솥뚜껑을 열어젖혔다. 솥에서 뭉게뭉게 피어오르는 연기에서 멸치와 북어대가리가 들어간 듯한 구수한 육수 냄새를 맡을 수 있었다. 몸의 긴장이 풀리면서 혓바닥 아래로 침이 고였다. 나는 미처 자리에 앉기도 전에 그 솥을 손으로 가리키면서 그 칼국수 한 그릇 달라고 주문하고는 구석자리 통나무 테이블 앞에 벽을 보고 앉아 국수가 나오기를 기다렸다.

국수가 장수의 상징이 된 내력

인류가 국수를 먹은 것은 4천년도 더 되었다. 우리나라에서도 고려 시대부터 국수가 고급 음식으로 제사 때 사용되었다는 기록이 있다. 국수의 원조라고 주장하는 나라로는 중국, 이탈리아, 아랍이 있는데 중국이 가장 유력하다고 한다. 2002년 중국사회과학원이 중국 서부 칭하이성의 신석기 유적에서 국수의 화석을 발견했다고 하니까. 중국에서 국수가 널리 퍼진 것은 기원전 100년경 한나라 때였다. 한무제의 어느 생일날이었다. 생일상을 준비하던 황실 주방장은 많은 고민 끝에 국수를 끓였다. 그러나 황제는 싸구려 음식처럼 보이는 국수를 탐탁지 않게 여겨 손을 대지 않았다.

그때 한무제의 신하인 동방삭東方朔이 이런 분위기를 눈치채고는 별안간 얼굴 가득 웃음을 지으면서 만세를 부르며 말했다. "옛날 요순 시대의 팽조彭祖는 얼굴이 길어서 800세까지 살았습니다. 오늘 폐하의 생일잔치에 나온 국수는 팽조의 얼굴보다 몇배나 긴 것이니 폐하는 팽조보다 장수하실 것입니다." 이 말을 들은 한무제가 기뻐하면서 국수를 맛있게 먹고는 '장수면'이라고 부르면서 다른 신하들에게도 권했다. 이로써 국수는 장수를 상징하는 음식이 되었다. 생일이 되면 장수를 기원하면서 국수를 먹는 풍습도 생겼다. 이후 어르신의 생신 축하상에도, 아이 돌상에도 국수가 놓였다. 결혼식에 국수를 먹는 것은 부부의 인연이 국수처럼 길게 이어지라는 뜻이 담겨 있다.

한무제가 장수했는지는 잘 모르겠지만 동방삭은 훗날 삼천갑자를 살았다고 전해진다. 옛날 한 코미디 프로에서, 어느 동네의 큰 부자가 어렵게 얻은 몇대 독자가 죽지 않고 장수하도록 그동안 오래 살기로 유명한 사람과 동물의 이름을 따서 아들 이름을 지었다. 그 이름이 "김 수한무 거북이와 두루미 삼천갑자 동방삭 치치카포 사리사리센타 워리워리 세브리깡 무두셀라 구름이 허리케인에 담벼락 담벼락에 서생원 서생원에 고양이 고양이엔 바둑이 바둑이는 돌돌이"였다. 그런데 어느날 이 아이가 물에 빠져서 죽게 생겼다. 그 위급한 상황에서 주변 사람들에게 경위를 알리고 도움을 청하려는데 이 긴 이름을 다 부르느라 시간이 너무 지체된다. 예컨대 한 사람이 다른 사람에게, "저기요, 지금 크, 큰일 났어요. 그 왜 그 부잣집의 아들 김 수한무 거북이와 두루미 삼천갑자 동방삭 치치카포…가 물에 빠졌대요." 그 말을 들은 사람은 다시 "뭐라고요? 아니 그러니까, 김 수한무 거북이와 두루미 삼천갑자 동방삭 치치카포… 헥헥,가 물에 빠졌다는 말인가요? 그럼 빨리 김 수한무 거북이와 두루미 삼천갑자 동방삭 치치카포…의 아버지에게 알려야 되지 않나요?" 뭐 이런 대화를 나누다가 아이가 죽게 된다는 그런 콩트였다.

여기 나온 삼천갑자 동방삭이 바로 한무제에게 국수를 권한 동방삭이다. 그런데 갑자는 60년이니까 갑자가 삼천번이라면 동방삭이 18만년을 살았다고 하는 셈이다. 이것이 사실이라면 동방삭은 호모사피엔스의 시초로 알려진 네안데르탈인보다 더 어른으로서 빙하기를 몇번 거치고 구석기시대를 한참 살다가 신석기시대를 관통해서 계속

살아남았다는 말이 된다. 국수를 얼마나 먹어야 이렇게 살 수 있는 것일까. 이것이 너무 말이 안되니까 여기서 삼천의 천을 옮길 천遷으로 보고 60갑자를 세번 거쳐서 180세로 보는 해석도 있다.

어머니표 칼국수

어릴 적 어머니는 나무판을 방바닥에 놓고 그 위에서 칼국수 면을 만드시곤 했다. 나무판 위에 흰 와이셔츠의 색깔과 같은 널찍한 종이를 깔고, 거기다가 밀가루 반죽 덩어리를 쾅쾅 메치거나 꾹꾹 누르기를 한참 반복했다. 어느 정도 되었다 싶으면 홍두깨를 꺼내 들고 위아래로 굴렸다. 그러면 밀가루 반죽이 낙하산처럼 널찍하게 펼쳐져 나무판을 뒤덮고도 남게 되었다. 어머니는 그것을 한쪽 방향으로만 차곡차곡 접은 다음 도마 위에 놓고 칼로 썰기 시작했다. 칼날이 슥삭슥삭 앞뒤로 움직일 때마다 칼날 아래 구불구불 말린 하얀 면발이 밤새 대문 앞에 내린 눈처럼 켜켜이 쌓여갔다.

어머니의 칼국수는 단순했다. 감자가 큰 조각으로 들어가고 그밖에는 호박과 파가 조금 들어갈 뿐이었다. 조개 같은 것은 없었다. 그래도 편하고 맛있었다. 면이 넓고 두터워서 좋았다. 맛있어서 허겁지겁 먹고 있으면 어머니는 "밀가루 음식은 소화가 안돼서 많이 먹으면 몸에 안 좋다" 하고 넌지시 경고하셨다. 그러나 정작 어머니가 밀가루 음식을 너무 좋아하셨다. 칼국수, 콩국수, 라면, 전, 도넛을 입에 달고 사셨다. 그리고 어느날 위암에 걸렸다. 내가 대학에 입학하고 처음 고향집에 갔을 때 어머니는 칼국수를 먹으러 나가자고 했다. 병색이 완연한 얼굴 위로 모처럼 밝은 설렘을 발산했다. 아들이 내려오면 같이 칼국수를 먹으리라고 별렀던 것 같다. 그러나 나는 거절했다. 수술로 얼마 남지도 않은, 게다가 암이 재발한 어머니 위장으로는 밀가루 음식을 소화하는 게 버거우리라 생각했기 때문이다. 어머니가 칼국수를 먹겠다는 것이 폐암 환자가 담배를 피우겠다고 하는 것처럼 느껴졌다. 아들의 거절에 어머니의 검고 야윈 얼굴에 드리워진 실망의 그림자가 선명했다.

그로부터 얼마 뒤 어머니가 돌아가셨다. 발인을 마치고 돌아오는 길에 가장 후회되던 일이 그날 칼국수를 사 먹으러 가지 않은 것이었다. 그때 내가 대학생이 아니라 지금의 나이였다면 칼국수 맛집을 찾아서 모셨을 것이다. 어머니가 폐암이었다고 해도 그토록 원한다면 담배에 불을 붙여드리며 "이거 돗대입니다"라고 농을 쳤을 것이다. 살아보니 하고 싶은 것을 못하면 그 크고 작은 좌절감이 칼국수 그릇 바닥에 가라앉은 바지락 껍데기처럼 마음속 밑바닥에 고스란히 쌓여 있다가 나중에 말썽을 일으킨다는 것을 알게 되었다. 그러니 그때 어머니가 그냥 먹고 싶은 것, 하고 싶은 것 다 하게 해드리는 것이 맞는 일이었는데. 한무제나 동방삭의 말대로 그때 국수를 먹었다면 장수하셨을 수도 있지 않을까 싶기도 하고.

칼국수가 나왔다. 잘 빚은 머리칼처럼 질서 있게 차곡차곡 면발이 쌓여 있었다. 그 위에 고명으로 다진 고기, 가늘게 채 썬 애호박과 당근, 몇조각의 버섯과 몇가닥의 쑥갓이 올라가 있었다. 나는 형님에게 인사하는 조폭처럼 양손으로 무릎을 짚고 고개를 푹 숙여서 칼국수 그릇 위에 코를 처박고 냄새를 흡입했다. 고기와 채소와 육수의 냄새가 그릇 위에서 뒤엉켜 산낙지처럼 춤을 추었다.

나는 숟가락을 들고 국물을 맛보았다. 육수에 멸치뿐 아니라 닭고기도 들어간 깃 같았다. 예상대로 칼칼하고 시원했다. 소설이나 드라마는 예상대로 흘러가면 지루해지는데 음식은 예상대로일수록 더 흥분된다. 키스를 하려고 상대의 얼굴을 잡는 것처럼 두 손으로 하얀 그릇을 부여잡고 입을 맞춘 채 국물을 들이켰다. 굳었던 표정이 풀리고 웃음기가 번져나갔다. 캬!!!!!!! 해장용으로도 그만이라는 생각이 들어 둘러보니 과연 중년 남자 손님이 많았다. 게다가 반찬은 깍두기와 함께 갓김치라니! 오, 마이, 갓!

칼국수와 칼날들

'칼국수'라는 명칭의 유래에 대해서 별의별 말이 다 있다. 심지어 6·25전쟁 때 미군이 칼국수를 처음 먹고 너무 맛있어서 동료에게 소개했는데 그 미군 이름이 '칼'이었다는 말도 들었다.(설마 진짜일까.) 가장 널리 알려진 유래는 면발을 칼로 썰었기 때문이라는 것이다. 그러나 나는 오랫동안 '칼국수' 명칭의 유래를 납작한 면발이 칼날처럼 생겼기 때문일 것이라고 짐작해왔다. 그렇게 칼국수를 삼킬 때마다 칼날이 배 속에 들어가는 셈이 된다.

법조인으로 살면서 사람의 몸을 찌른 칼은 셀 수 없이 보았다. 돈을 뺏으려고, 몸을 뺏으려고, 원한을 갚으려고, 억울함이나 배신감을 표현하려고, 강한 척하려고 휘두른 칼이었다. 각종 욕망과 강력한 감정이 예리하게 벼려진 칼이었다. 한 자도 안되는 그 칼날에 살아오면서 겪은 수많은 분노와 피해의식과 콤플렉스가 응축되어 있었다. 단단한 칼날 뒷면에는 이해관계가 칼국수 면발보다 복잡하게 뒤엉켜 있었다.

우리 때는 사법시험을 합격하면 2년 동안 사법연수원에서 연수를 받았다. 1년은 연수원에서 강의 듣고 공부하고 시험 치는 일만 반복하지만 2년차부터는 법원, 검찰, 로펌, 기타 기관을 2개월씩 돌아가면서 시보 생활을 했다. 나는 검찰시보를 내가 자라고 부모님이 계시는 소도시에서 했다. '검사직무대리'라는 직함과 함께 내 이름이 한자로 적힌 커다란 명패도 받았다. 사실상 내 첫 직장생활 같은 경험이었다. 난생처음으로 내 명패와 내 책상이 생긴데다 양복을 입고 9시까지 출근하니 설레고 즐거웠다. 청사에서 가장 일찍 출근하곤 했다. 다만 검사들이 서열에 따라 청사가 가까운 자리부터 주차한다는 것을 모르고 가장 일찍 와서 가장 좋은 자리에 주차했다가 나중에 총무과 직원이 찾아와서 넌지시 그러면 안된다고 알려주어서 얼마나 창피했는지 모른다. 특히 지청에 다리가 불편한 검사님이 계셨는데 제일 좋은 자리는 그분이 주차하신다고 해서 더더욱.

내 사건도 따로 받았다. 음주운전, 단순 교통사고, 간단한 폭행이나 상해 사건 정도였다. 그때 울릉도경찰서에서 송치한 사건이 기억난다. 가해자가 칼국수집에서 술을 마시다가 피해자와 시비가 붙어서 머리를 손으로 한대 때린 사건이었다. 검찰에 오는 다른 사건에 비하면 아주 경미한 사건이었다. 게다가 피해자와 결국 합의도 되었기 때문에 공소권이 없다는 취지의 불기소결정으로 간단히 떨어져나갈 사건이었다. 그런데 울릉도 경찰이 받아온 피의자 신문조서가 마치 살인 사건 피의자 조서처럼 두꺼웠다. 들여다보니 과연 사건과 직접 관련이 없는 듯한 질문이 너무 많았다. 당시 모자를 썼느냐, 무슨 색깔 모자를 썼느냐, 평소에는 모자를 쓰느냐, 평소에는 무슨 색깔 모자를 쓰느냐 등 이런 질문을 왜 하는지 의아해지는 질문들이 적지 않았다. 지도 검사에게 물어보자 하는 말이, 울릉도에는 도망갈 곳이 없고 사람들이 서로 잘 알아서 범죄가 별로 없기 때문에 작은 건 하나라도 들어오면 수사관들이 열과 성을 다해서 샅샅이 조사한다고 했다.

부검을 처음 참관한 것도 그때였다. 옆방 검사를 따라 어느 도립병원의 지하 영안실로 내려갔다. 공기가 서늘하고 축축했다. 대여섯명이 철제침대를 둘러싸고 있었다. 침대 위에는 젊은 여자의 시체가 있었는데, 배에 칼자국이 서너군데 난 채였다. 경찰관이 대강의 사연을 말해주었다. 사귀던 남자가 여자에게 헤어지자고 했다. 여자가 싫다고 하면서, 헤어지면 자신이 임신한 사실을 남자 부모에게 말하겠다고 으름장을 놓았다. 그러자 남자는 칼로 여자 배를 여러번 찔렀다. 그리고 시체를 야산에 버렸다.

부검의는 메스를 여자의 목에 갖다 대고 푹 찔러넣었다. 메스의 칼날은 가슴을 지나 배로 향했다. 메스가 지나간 곳에는 두쪽으로 갈라진 금이 생겼다. 한번에 잘 되지 않았던지 부검의는 같은 곳을 여러번 거듭 베기도 했다. 마치 살색 코트의 지퍼가 내려가고 벗겨지는 것처럼 틈이 벌어졌다. 그 사이로 내장이 드러났다. 내 시선은 메스 끝을 따라다녔다. 쳐다보는 것이 힘이 들었지만 오히려 그래서 시선을 피하면 안될 것 같았다. 부검의가 여자의 위장을 열고 내용물을 끄집어냈다. 자궁도 열었다. 그러고는 말했다. 이 여자는 임신한 적이 없다고.

아, 시체만큼 처참한 비극이었다. 청춘의 남녀가 다투어서 남자는 살인자가 되고 여자는 시체가 되었다. 당사자가 아니니 나도 다 아는 것처럼 말할 수는 없지만, 그 이유가 과연 제각각 살인자와 시체가 될 만한 일이었을까. 청춘은 겉보기에는 아름답지만 속은 벼려진 칼날처럼 날카롭고 위험하다고 생각했다. 돌아보면 그때는 나도 청춘이었는데 청춘이 좋은지는 몰랐던 그 시절에.

"아아!!!!"와 "아아~~" 사이

국민참여재판으로 재판을 했던 사건에서 칠순의 할머니 피해자가 있었다. 혼자 사는 할머니는 돈을 아끼려고 전깃불과 보일러를 끄고 지냈다. 그러다보니 도둑이 빈집으로 착각하고 대낮에 침입했다. 도둑이 마음 편하게 집 안 구석구석을 뒤지고 있는데 등 뒤에서 컴컴한 이부자리 속에 누운 할머니가 물었다. "임자는 뉘시오?" 아무리 도둑이지만 이 순간에는 당황하지 않을 수 없었을 것이다. 그래도 경험 많은 도둑이었다면 능청스럽게 "어, 빈집인 줄 알았는데 잘못 왔네유.

할머니, 오래 사세유!"라며 절하고는 그냥 나갔을지도 모르겠다. 그러나 이십대의 이 초짜 도둑은 제 발이 저리다 못해 할머니보다 더 놀라서 그 집에 있던 식칼을 집어들고 할머니의 배와 얼굴을 찔렀다. 도둑이 강도가 되는 순간이었다. 절도죄는 1개월 이상 6년 이하의 징역 또는 벌금에 처하지만, 강도죄는 최저 3년 이상 30년 이하의 징역형에 처한다. 강도상해죄는 최하 7년 이상의 징역 또는 무기징역이다. 강도살인죄는 최하가 무기징역이다.

그런데 이 도둑은 그래놓고는 또 무슨 마음이 들었는지 할머니를 업고 인근 병원으로 달려가서 응급실에 눕혀놓았다. 그 동기에 대해서는 검사와 변호인의 의견이 달랐다. 검사는 피고인 처지에서 그대로 두면 할머니가 죽음으로써 강도살인죄가 돼 중형을 받게 되므로 감형을 위해 그렇게 했을 뿐이라고 주장했다. 반면 변호인은 빈집인 줄 알고 들어갔다가 할머니를 보고 놀란 피고인이 우발적으로 칼로 찔렀는데 할머니 몸에서 피가 흐르는 것을 보고는 자기 행동을 뉘우쳤기 때문이라고 주장했다.

증거조사절차가 개시되었다. 증거조사절차는 법관이 증거를 살펴보면서 심증을 형성하는 절차를 말한다. 증거의 종류에 따라 법에 정해진 증거조사 방법이 다르다. 서류는 '낭독'하거나 '열람'하고, 증인은 질문을 던져서 답을 듣는 '신문'을 하고, 증거물은 '제시'한다. 예컨대 사진은 증거물이므로 제시한다. 칼에 찔린 할머니 복부와 얼굴 사진이 법정 스크린에 올라왔다. 뺨 부분이 7센티미터 정도 찢어져서 그 틈이 크게 벌어져 있었다. 배심원석과 방청석에서 "아아!!!!" 경악하는 소리가 터져나왔다. 칼로 얼굴을 찔렀다는 얘기를 말과 글로만 듣고 읽는 것과 사진으로 직접 보는 것은 다르다. 사람이 칼로 누군 가의 얼굴을 저렇게 처참하게 만들 수 있을까. 그것도 할머니를. 아마 그 사진을 직접 본다면 대부분 사람들은 범인에 대한 혐오와 분노가 차올라 한마디씩 했을 것이다.

검사가 제시한 증거들에 대한 증거조사가 끝났다. 이후 변호사가 신청한 증인이 나왔다. 피고인의 아내였다. 그녀는 두살짜리 아기를 포대기에 싸서 안고 나왔다. 증인석에서는 자신이 아기 분유 살 돈도 없다고 남편을 닦달하는 바람에 남편이 저런 범행을 저질렀다며 모 두 자기 잘못이라고 눈물을 흘렸다. 엄마가 울자 아기가 자지러지게 울었다. 배심원석과 방청석에서는 "아아~~" 탄식 소리가 술렁거렸 다. "쯧쯧" 하고 혀를 차는 소리도 들렸다. 이전에 할머니의 상처 사 진이 스크린에 떴을 때와는 사뭇 다른 분위기가 흐르는 것을 느낄 수 있었다. 배심원들이 정하는 형량은 앞서 상처 사진을 보고 터져 나온 "아아!!!!"와 아기의 울음소리 뒤에 흘러나온 "아아~~" 사이의 어느 지점에서 결정될 것이다.

유죄를 받은 피고인의 형량을 정하는 일을 양형이라고 한다. 유무 죄를 판단하는 것도 어렵지만 양형을 정하는 것은 훨씬 더 어렵다. 유 무죄 판단은 유죄 아니면 무죄다. 그러나 양형을 할 때에는 피고인이 징역 6개월인지, 10개월인지, 1년인지, 1년 6개월인지를 정해야 한다. 유무죄 판단이 객관식 문제라면 양형은 주관식 문제라고 할 수 있다. 그래서 더 어렵다. 양형기준표가 있지만 큰 도움이 되지는 않는다. 양형기준표가 제시해주는 기준의 폭은 예컨대 '징역 6개월에서 2년 사이'와 같이 넓기 때문이다. 이 중에서 다시 징역 6개월, 8개월, 10개월을 놓고 고민이 시작된다. 양형기준을 더욱 정밀하게 세우는 것도 쉽지 않다. 기준을 너무 경직되게 잡아놓으면 인간사의 복잡다단성과 의외성 때문에 불합리한 결과가 생기기 마련이다. 판사의 가치관에 따라서 같은 피고인의 같은 사건을 두고도 양형이 다른 경우가 허다하다. 같은 종류의 죄를 두고 양형이 다른 정도를 양형 편차라고 한다. 그러나 어느 판사를 만나느냐에 따라서 형량이 크게 달라지는 것은, 다시 말해서 양형 편차가 큰 것은 바람직하지 않다.

그런데 국민참여재판의 경우에는 배심원들이 일차적으로 형량을 정해주기 때문에 판사들의 양형 부담이 적은 편이다. 다만 배심원들은 대개 양형을 처음 해보는데다 유사한 다른 사건들을 재판해본 경험이 없기 때문에 배심원 개개인의 입장 차이가 크다. 우리나라 사람들은 언론에 나온 범죄자에 대해 강력하게 처벌해야 한다고 말하는 경우가 많다. 그러나 정작 자기 주변에 있는 사람을 상대로 고발권, 징계권 등의 칼자루를 쥐게 되면 부담이 되어서 되도록 가볍게 처벌하려고 한다. 오히려 화끈하게 용서해주는 사람을 관대하고 인간적인 사람으로 보고, 엄하게 처벌하려는 사람을 피도 눈물도 없는 냉혈한이나 융통성이 없는 사람으로 보기도 한다. 배심원들도 괜히 엄벌을 주장했다가 좁은 한국사회에서 자기가 엄벌을 주장했다는 사실이 어떤 경로로 피고인 귀에 들어가 보복을 당할까봐 걱정하기도 한다.

배심원들은 결국 이 사건에 대해서 징역 2년에 집행유예 3년이라는 의견을 냈다. 배심원들이 토의하는 자리에 판사가 들어갈 수 없으므로 정확히 알 수는 없지만 아마도 피해자 할머니가 피고인의 처벌을 원치 않는다는 입장을 취한 것이 크게 작용했을 것이다. 통상 형량을 좌우하는 가장 큰 요소가 피해자의 처벌 의사이기 때문이다. 피고인이 전과가 없는 초범이라는 점, 피고인이 피해자를 병원으로 데리고 간 점도 당연히 고려되었을 것이다. 무엇보다도 법정을 가득 메운 피고인 아기의 울음소리가 한몫을 했을 것 같았다. 그러나 나를 포함한 세명의 판사들은 모두 할머니의 상처가 너무 깊어서 실형을 선고해야 한다고 생각했다. 배심원들과 직업 판사들의 입장 차이가 선명히 드러나는 지점이었다. 결국 판사들은 배심원들 의견을 존중해 집행을 유예하고 피고인을 석방했다.

면을 먹는 재미

젓가락을 들고 고명을 휘저은 다음 면발을 시계 방향으로 한두번 감아서 상어가 생선을 낚아채듯 면을 물었다. 입술을 동그랗게 모으고 면을 쭉 빨아 당겼다. 호로로로로로로로로록! 면이 즉석면이 아닌 숙성면이라 더 쫄깃하고 부드러웠다. 면발이 두 입술 사이를 가르면서 미끄러지듯 파고들 때 묘한 쾌감이 느껴진다. 입속에 들어온 칼국수를 먹을 때에도 재미있다. 입안에 넣고 우물우물 씹기도 하고, 입속에서 국물만 쪽쪽 빨아 먹어보기도 하고, 혀로 면을 한두번 감아보기도 한다. 국물이 있으니 꿀꺽 삼킬 때에도 편하게 잘 넘어간다. 내가

면을 좋아하는 이유는 맛도 맛이지만 이렇게 갖고 노는 재미가 있어서다.

입속에서 면을 충분히 즐겼다 싶으면 국물을 들이켜면서 꿀꺽 삼킨다. 그릇을 두 손으로 붙잡았을 때는 몸의 겉만 데워졌다면 국물을 마셨을 때에는 수이 따뜻해지고, 면을 삼켜서 허기가 채워질 때는 내 영혼에 온기가 스며드는 느낌, 착해지는 느낌이 든다. 이 순간 형량을 선고한다면 피고인에게 지나치게 관대해질 것 같을 정도로. 미국, 이스라엘 등 외국 통계에 따르면 판사들이 식후에 선고하는 판결이 다른 때보다 관대하다고 한다.

그때 국물 위로 올라오는 수증기 너머 맞은편에 그 초짜 강도와 할머니가 나란히 앉아서 칼국수를 먹고 있는 것이 보였다. 후루루루룩, 호로록호로록. 두 사람 모두 그릇에 코를 박고 허겁지겁 맛있게 먹었다. 나는 할머니에게 이 사람을 왜 용서해줬는지 물어보고 싶었다. 피해 보상금을 제대로 받은 것도 아니고 고작 치료비 받아놓고서. 나는 괜히 초짜 강도에게 "당신 운 좋은 줄 아쇼!"라고 쏘아붙였다. 국민 참여재판이 아니었다면, 할머니가 용서하지 않았다면 당신은 필시 실형을 받았을 거라고. 그러자 초짜 강도는 더욱 허겁지겁 먹었다. 후루루루룩, 호로록호로록. 나는 모두와 함께 먹으려고 왕만두를 주문했다.

홍어,
인생을 닮은 듯 톡 쏘는 맛

법원 근처에 한정식집이 하나 있다. 사장은 체격이 좋고 잘 웃는 아주머니다. 거기서 만드는 한정식 요리는 전부 맛있다. 그런데 내가 그 집에 갈 때마다 가장 먹고 싶어하는 음식은 따로 있다. 바로 홍어애탕이다. 홍어애는 홍어의 간을 말한다. 홍어애탕은 홍어의 간이나 내장을 미나리나 보릿잎과 섞어서 끓인 탕이라고 들었다.

홍어의 맛이 강하기로는 물코, 애, 찜, 탕, 회 순이다. 그러니까 홍어애탕은 홍어회보다 강하다. 가열할수록 맛이 강해진다. 맛이 강한 부위의 순서는 "일코 이애 삼익"이라 한다. 코가 으뜸이고, 둘째가 내장, 셋째가 날개와 꼬리라는 뜻이다. 나는 홍어의 맛이 강할수록 좋다. 홍어회는 물론이고 홍어찜도 즐긴다. 홍어애탕은 그동안 명성만 듣고 먹어보지는 못하다가 바로 이 집 메뉴판에서 발견한 뒤로 호시탐탐 노리기 시작한 것이다.

그러나 점심때 홍어애탕을 시키는 것은 주저된다. 필시 암모니아 냄새가 진동할 것이기 때문에 옆자리에 빽빽하게 앉은 사람들의 눈치가 보인다. 그래서 손님이 비교적 적은 저녁에 찾아갔다. 그래도 홍어애탕을 1인분만 시키면 미안할 것 같았다. 홍어애탕을 같이 먹어줄 동료를 찾기도 어렵다. 그래서 평소 점심때 동료나 직원들을 데리고 그 식당에 가서 사장에게 눈도장을 찍어놓았다. 혹시 저녁에 혼자 와도 홍어애탕을 먹을 수 있느냐고 넌지시 물어보면서.

홍어의 위엄

조선 후기 실학사상의 대가 정약용의 둘째 형인 정약전은 1801년 흑산도로 유배를 가서 16년간 머무르다가 세상을 떠났다. 그는 수산물과 바닷새를 기록한 책 『자산어보玆山魚譜』를 남겼는데 거기에 흑산도 명물 홍어에 대한 기록이 있다. "암놈은 먹이 때문에 죽고 수놈은 간음 때문에 죽는다." 낚싯바늘로 암놈을 낚으면 암놈과 교미하고 있던 수놈까지 붙어 올라온다는 얘기다. 홍어 수놈의 성기는 두개라고 한다. 그래서 바람둥이를 의미하기도 한다.

고려 말에는 흑산도 사람들이 왜구를 피해 영산강을 거슬러 나주 영산포까지 갔다. 그사이 흑산도에서 가져온 홍어가 썩어버렸다. 그런데 버리기 아까워서 먹은 그 홍어가 의외로 맛이 있었던 것이다. 이것이 오늘날 우리가 먹는 홍어의 유래다. 일설에는 고려 말 왜구의 침략 때문에 중앙정부가 섬을 비워두는 공도정책을 취했는데, 공도정

책이 해제된 이후 흑산도 사람들이 돌아와 남아 있던 썩은 홍어를 아까워서 먹던 것에서 홍어가 유래되었다고도 한다.

흑산도에서는 삭히지 않은 홍어도 많이 먹는다고 한다. 그 홍어회는 우리가 말하는 홍어회가 아니다. 흑산도는 아직 가보지 못했는데, 이 글을 쓰고 있자니 하루빨리 흑산도에 가서 삭히지 않은 홍어도 먹어보고 싶다. 톡 쏘는 맛이 가장 강한 부위는 수입 홍어의 경우 코 부위인 '코쭝배기'인 반면, 흑산도 홍어의 경우에는 아가미라고 한다. 아가미는 표면적이 넓어 세균이 번식하기 좋아서 가장 먼저 부패한다.

마침내 홍어애탕 등장. 끓어오르는 뚝배기 위로 쿰쿰한 암모니아 냄새가 철철 넘친다. 바로 옆자리에서 누가 방귀를 뀌어도 모를 것 같다. 대체 누가 어떻게 조사한 것인지는 모르지만 홍어가 전 세계에서 냄새가 지독한 음식 2위라고 한다. 1위는 수르스트뢰밍surströmming이라는 스웨덴의 통조림 청어라고. 청어를 발트해의 밍밍한 물로 대충 염장하는 시늉만 하는 탓에 살균이 제대로 되지 못해서 냄새가 그리 지독하다고 한다.

탕 속에 숟가락을 집어넣었다. 늪지대에 삽을 넣는 것처럼 걸쭉한 저항감이 느껴진다. 국물을 한 숟가락씩 입에 떠 넣었다. 청국장처럼 질퍽하고 구수한 질감과 깊이가 느껴지면서도 맛은 그와 완전히 다르게 톡 쏜다. 압도적인 홍어애탕의 카리스마 앞에서 그동안 가슴속에서 두서없이 설쳐대던 욕망들과 관심의 촉각들이 단번에 착 가라앉아 숨을 죽였다. 같이 나온 홍어회도 한점 먹었다. 맛이 강한 편은 아니다. 그래도 식감은 좋다. 회의 겉은 찰지고 쫄깃하지만 일단 치아가 그 사이를 파고들면 속살은 모닝빵에 함께 나온 버터조각처럼 부드럽게 씹힌다. 다 삼키고 난 뒤에는 다른 회를 먹었을 때와는 달리 입안에 특유의 향이 주섬주섬 떠나지 않고 머무른다.

쌍코피의 맛

"넓적한 네모꼴 몸체에 가시가 돋쳤지만 비늘이 없어 유별나게 생긴데다가 허연 진약이 묻어 있는 흑갈색의 등허리를 비롯해서 이목구비는 시늉만 했다 할 정도로 오종종하게 박혀 있어 언제나 보기에 혐오감을 자아냈다."

김주영의 소설 『홍어』(문이당 1998)에 나오는 홍어 묘사다. 『홍어』의 주인공은 어머니와 어린 아들, 그리고 아버지가 밖에서 낳아 데려온 소녀. 이 세 사람이 한집에 산다. 소년의 아버지 별명이 홍어다. 얼굴 생김새가 네모진데다 목덜미에 백반증 피부병이 있기 때문이지만 거시기가 두개인 홍어가 바람둥이를 의미하기 때문이기도 하다. 동네 여자와 바람난 아버지는 집을 나간 지 오래다. 어머니는 해마다 늦여름이나 초가을에 홍어를 사다가 겨우내 문설주에 걸어놓고 남편을 기다린다.

바람이 나서 집을 나간 남편을 기다리는 여인의 마음을 나는 알지 못한다. 그래도 그녀의 마음이 곰삭은 홍어처럼 썩어 문드러질 것만 같고, 그녀가 느끼는 고통이 홍어가 주는 맛처럼 아프고 얼얼할 것만 같다. 그럼에도 그런 남편을 차마 버리지 못하는 애증이 교차된 마음을 문설주에 홍어를 걸어놓는 상징적 행위로 기막히게 표현하고 있다.

소설 마지막에 기다리던 남편이 마침내 돌아왔다. 부인은 큰절을 하며 남편을 맞이하고 모처럼 밤을 함께 보낸다. 그러나 눈이 펑펑 내려 쌓인 다음날 새벽, 이번에는 부인이 남편을 버리고 집을 나간다. 신발을 거꾸로 신고 나감으로써 마당에 쌓인 눈 위에 집으로 들어오는 사람의 발자국만 남긴 채. 홍어처럼 톡 쏘는 반전이다.

내가 어릴 적에 우리 아버지는 평소 술을 거의 하지 않았는데 그날따라 친구들과 한잔한다고 나가서는 밤이 늦도록 귀가하지 않았다. 어머니는 화가 났다. 휴대폰이 있던 시절이었다면 이미 전화도 몇번 했을 것이다. 어머니는 나더러 아버지에게 가서 언제 집에 올 건지 물어보라고 했다. 나는 일종의 인간 휴대폰이었던 셈이다.

휴대폰이 없으니 위치추적 기능도 당연히 없던 시절이었지만 식구라면 어른이든 아이들이든 서로 어디에 있는지 대충 다 알던 시절이었다. 어머니가 알려준 위치의 식당으로 가보니 과연 아버지는 와자지껄한 테이블에서 친구 서너분과 환한 표정으로 막걸리를 들고 계셨다. 내가 곁에 다가가서 "엄마가 아버지 언제 오시는지 물어보라던데요"라고 말할 때까지는. 지금 정확히 기억나지는 않지만 그 순간 아버지의 표정은 홍어를 처음 맛보았을 때처럼 굳었을 것이다.

분위기 전환을 위해서였을까. 그때 아버지 친구 한분이 장난기 머금은 표정으로 내게 "너도 한번 먹어볼래?" 하면서 회 한 조각을 젓가락으로 집어 내밀었다. 나는 아무런 경계심도 없이 그것을 날름 받아

먹었다. 컥. 고요한 호수에 벽돌을 던진 것처럼 안면 전체에 여러겹의 파동이 출렁거렸다. 마치 난데없이 물에 빠져서 코로 물을 확 들이마신 것처럼 코끝이 찡해졌다. 그 순간 악몽이 떠올랐다. 유치원 때 이웃집 아이와 처음으로 싸움을 했는데 그 애가 주먹으로 내 코를 정면으로 때려서 쌍코피가 났다. 그 장면이 떠오른 건 홍어의 첫맛이 그때만큼 강렬한 충격이었다는 뜻이다. 그러니까 나에게 첫 홍어 맛이란 바로 첫 쌍코피가 터질 때의 맛이었다. 쌍코피의 맛이라니. 그보다 더 씁쓸하고 비참해지는 맛이 있을까.

그러나 내가 물에 빠진 사람처럼 허우적거리면서 우왕좌왕한 덕분에 분위기가 회복되어서 다행이었다. 어른들은 짓궂게도 껄껄 웃었다. 아버지 포함해서. 하긴 아버지는, 제아무리 자식이라고 해도 어머니가 보낸 걸어다니는 독촉 전화가 고통받는 것이 아주 싫지는 않았을 것이다. 그런 나에게 아버지는 한술 더 떠서 홍어를 먹을 줄 알아야 어른이 된다고 했다. 그 말에 나는 아직 어린 철부지라고 무시당한 것 같았다. 그날로 일종의 홍어 트라우마가 생겼다. 그 뒤로 밥상에 홍어가 올라오면 어릴 적 닭에게 쪼여 닭고기를 못 먹는다는 사람들처럼 나는 홍어를 먹지 못했다. 삼합이 나와도 묵은지에 돼지고기만 싸 먹을 뿐이었다.

홍어를 먹을 줄 알아야 어른이 된다

그러다가 홍어를 먹게 된 것은 강원도 부대에서 군검사로 근무하던 때였다. 검도를 함께 하면서 알게 된 읍내 사람들과 '홍탁', 그러니까 홍어 삼합에 탁주를 마시는 자리가 마련됐다. 읍내에서 가장 큰 쌀가게를 하는 제일 나이가 많은 분이 좌장이었고, 그밖에 읍내에서 가장 큰 맥줏집을 하는 사장, 읍내에서 가장 큰 컴퓨터수리점을 하는 사장, 읍내에서 가장 큰 스포츠용품샵을 하는 사장, 읍내에서 가장 큰 식당 사장(이들 업종의 가게가 읍내에서 하나씩뿐이었다) 정도가 있었다.

내가 가장 막내였다. 누군가가 나에게 홍어를 먹을 줄 아느냐고 물었다. 그때 홍어를 먹을 줄 알아야 어른이 된다는 그 옛날 아버지 말씀이 들렸다. 나는 취기 때문에 허세가 생겼다. 대답 대신 보란 듯이 홍어를 집어 먹었다. 어라, 그런데 취기 때문인지 몰라도 의외로 먹을 만했다. 아니, 맛이 너무 매력적이었다. 쌍코피의 악몽이 떠올랐지만 아련한 추억으로 느껴질 뿐 더이상 트라우마가 아니었다. 처음에는 톡 쏘는 맛으로 얼굴이 얼얼해지고 곰삭은 육질이 썩은 생선 좀비 덩어리를 씹는 것처럼 꺼림칙했지만 조금 버티고 있으니 그 느낌을 다시 반복해서 맛보고 싶어졌다. 가학적이고 자학적이며 강박적인 충동이었다. 홍어 조각을 입속에 넣을 때마다 힘차게 달리는 기관차를 삼킨 것처럼 칙칙폭폭, 칙칙폭폭 하면서 강력한 수증기가 피어올라 콧구멍, 눈동자, 귓구멍 밖으로 뿜어져 나오는 것 같았다. 그런데 그게 싫지 않았다. 마치 파괴적인 금속성의 소음 덩어리로만 느껴지던 헤비메탈 음악의 맛(홍어의 맛은 헤비메탈 그룹 '판테라'의 「Cowboys from Hell」을 연상시킨다)을 처음 느꼈을 때처럼. 그렇게 반복해서 먹다보니 차츰 온몸이 열리면서 홍어와 소통하는 것 같았다. 그날 이후 많이 삭힌 홍어가 있다는 얘기를 들으면 바다 바닥을 돌아다니는 홍어처럼 슬며시 꿈틀거리며 좌우를 두리번거리게 되었다.

남편이 아들을 못 잊는 부인을 상대로 이혼 소송을 제기했던 사건이 있었다. 두 사람 사이에는 공부를 아주 잘하고 중고등학교 때 학생회장도 했으며 명문대에 들어간 아들이 있었다. 그런데 아들이 대학 1학년 때 길거리에서 건달에게 맞아 다리 아래로 추락해 죽어버렸다. 당연하게도 부부의 상심이 이만저만이 아니었다. 특히 아들 엄마인 부인의 상심이 컸다.

재산이 많았던 부인은 그중 상당 부분을 아들 이름으로 그 명문대에 기부했다. 또 교외에 널찍한 땅을 사서 집을 짓고 그 집 마당에 아들의 무덤을 만들어 이장했다. 그 옆에 묏자리를 두개 비워놓았다. 부부가 죽으면 묻힐 곳이었다. 기부도, 무덤 이장도 남편의 반대를 무릅쓰고 부인이 한 것이었다. 남편도 아들을 잃고 깊은 상심에 빠진 건 마찬가지였다. 그러나 남편은 과거를 잊고 새 인생을 시작하고 싶어 했다. 그런데 매일 아침 눈을 떠 힘찬 하루를 보내려고 출근길을 나설 때마다 무덤이 보이니 쉽지 않았다.

남편은 부인에게 아들 무덤을 다시 이장하자고 했다. 그 말을 들은 부인은 남편이 아들을 내팽개쳤다고 받아들였다. 심지어 더 나아가 남편이 다른 여자와 바람을 피우고 있으며 그 여자와의 사이에 아이를 낳으려 할지도 모른다고 의심하기 시작했다. 부부싸움이 지속됐고 결국 별거하기에 이르렀다.

딱히 어느 한쪽이 잘못했다고 말하기 어려운 사건이었다. 죽은 아들을 잊지 못하는 부인이 집 마당에 무덤까지 마련해놓은 것이 과하기는 하다.(가령 내 아내가 우리 아파트 어느 방에 내가 들어갈 관을 짜놓았다고 생각하면 불안해서 잠이 안 올 것 같다. 아내가 먼저 자는 것을 확인하기 진까지는.) 하지만 그것을 두고 혼인관계 파탄에 법적 책임이 있다고까지 말하기는 어렵다. 반면 남편 심정도 충분히 이해가 갔다. 아침에 일어나서 시원하게 샤워하고, 깔끔하게 면도하고, 베이컨에 토스트든, 간단한 국밥이든 맛있게 아침을 먹고, 상쾌하게 양치를 하고, 하얀 와이셔츠와 날이 서도록 다려진 슈트를 입고, 반짝반짝 잘 닦인 구두를 신고, 고급 승용차를 타러 현관 문밖을 기분 좋게 나서는 순간, 무덤 세개가 눈앞에 딱 버티고 서 있다고 생각해보라. 하나는 죽은 자식의 무덤, 둘은 자신과 아내가 들어갈 무덤이. 아무리 텔레비전에서 광고하는 영양제를 많이 먹는다고 해도 활기찬 하루를, 새로운 일상을 시작하기는 어려울 것이다.

어느 쪽이 이혼 소송을 제기하더라도 받아들여지기가 쉽지 않은 사건이었다. 어쩌면 두 사람 모두 이제는 마음에서 자식을 떠나보내려고 마지막으로 다투고, 또 소송까지 하고 있는지도 몰랐다. 부인이 마당에 만들어놓은 아들의 무덤이, 김주영의 소설에 나오는 어머니가 문설주에 걸어놓은 홍어 같다는 생각이 들었다. 생각할 때마다 내면의 고통을 자극하지만 그윽한 그리움을 거둘 수 없는 존재.

돌아보면 내 내면의 문지방에도 시기마다 다른 홍어가 걸려 있었다. 나를 판사의 길로 떠밀어 원망스럽기도 하지만 감사하기도 한 어머니가 홍어 한마리. 달콤한 첫 연애감정과 쓰디쓴 첫 이별의 고통을 함께 준 첫사랑이 홍어 두마리. 절제된 말로 당사자와 소통하고 마지막에는 지혜로운 판단을 내리고 싶은데 실제는 그에 미치지 못해서 부끄러운, 판사라는 직분이 홍어 세마리. 객관적으로 대단한 글은 아닐지라도 내 마음 상태를 군더더기 없이 표현하는 문장을 쓰고 싶지만 그에 닿지 못해 안타까운, 작가라는 명패가 홍어 네마리. 그 홍어들이 내 콧등을 톡 쏘아 코를 납작하게 만든다. 묘하게도 그럴수록 또다시 달려들게 만든다. 그것이 반복될수록 홍어 맛이 깊어진다. 홍어와 함께 내 몸도, 내 정신도, 내 삶도 곰삭는 모양이다. 그렇게 조금씩 어른이 되나보다.

2장

죄는 미워해도
사람과 음식은 미워하지 말라

도시락,
이름만으로 추억이 되는

중년의 여성이 제기한 이혼 사건이었다. 그녀는 도시락을 팔았다. 남편은 직업이 없었다. 결혼 이후 쭉 없었다. 그러니까 생활비를 여자가 거의 다 벌었다. 남편과는 각방을 썼다. 말도 섞지 않고 밥도 같이 먹지 않았다. 부인이 밥을 해놓으면 남편은 부인이 없을 때 알아서 챙겨 먹었다. 그렇게 25년을 살았다. 부인은 평생 도시락을 팔아서 모은 돈을 통장에 차곡차곡 모았다. 그렇게 모은 돈도 사실 그리 많지는 않았다. 1억원이 채 되지 않았다. 다른 부동산도 없었다. 그래도 이제 부인은 이혼을 하려고 했다. 그동안 자식을 키울 때까지만 같이 살겠다고 참았는데 아들이 다 커서 군대에 갔기 때문이다. 그녀는 남편에게는 아무런 재산이 없다면서 그냥 아무것도 주지도, 받지도 않고 헤어지고 싶다고 했다. 자식도 다 커서 양육권 문제도 없었다.

그러나 남편은 재산을 나눌 것을 요구했다. 부인은 펄쩍 뛰었다. 이게 다 자기가 모은 재산인데 남편에게 왜 재산을 주어야 하느냐고 했다. 이혼을 할 때 오가는 돈에는 크게 위자료와 재산분할금이 있다. 쉽게 말해서 위자료는 한쪽이 잘못을 했을 때 주는 돈이고, 재산분할금은 잘못과 상관없이 나누는 돈이다. 대체로 부부가 오래 살면 절반씩 나누는 것을 기준으로 삼아서 기여도에 따라 6 대 4나 4 대 6으로 나누는 것이 보통이다. 부부 중 한쪽이 밖에 나가서 돈을 벌고 다른 한쪽은 살림만 한 경우라도 모두가 재산증식에 기여한 것으로 보아서 그런 식으로 재산을 나눈다. 37.4% 대 62.6%와 같이 양측의 기여를 정밀하게 측정하지는 않는다. 부부가 수십년에 걸쳐서 어떻게 살아왔는지를 정확하게 파악하는 것은 거의 불가능하다. 서로 말이 다를 수밖에 없다. 또 부부가 재산을 증식하는 데에는 직접적으로 돈을 벌어오는 것뿐만 아니라 정서적인 지지도 의미가 있는데 그 기여의 정도를 평가하는 것 역시 지극히 주관적이다. 부인의 말에 따르면 남편은 집에서 손 하나 까딱하지 않았지만(물론 남편의 주장은 또 다르다) 결국 요즘의 추세에 비추어 재산을 상당 부분 나누는 일은 불가피했다.

"위자료는 안 주어도 되겠지만 재산분할금은 어느 정도 나누어줘야 합니다." 조정실에 혼자 앉아 있는 부인에게 말했다. 그리고 앞서 말한 내용을 조곤조곤 설명해주었다. 그 말에 부인은 넋이 나갈 것 같은 표정이었다. 부인은 자신이 그렇게 힘들게 모은 돈을 남편에게 나누어줘야 한다는 사실을 그 순간 처음 깨달은 모양이었다. 아무런 손질을 하지 않은 뽀글뽀글한 파마머리 아래 핏기 없이 푸석푸석한 얼굴이 붉게 달아오르고 눈동자에 핏대가 서고 있었다. 그녀는 "10원도 내어줄 수 없습니다. 내가 어떻게 번 돈인데"라고 말했다. 그녀 내면의 깊은 동굴 속에서 나오는 것처럼 울림이 큰 목소리였다. 그러고는 자리에서 벌떡 일어나서 내게 삿대질을 하면서 고함쳤다.

"너, 판사 아니지!"

내가 법복이 아닌 일반 양복을 입고 있는데다 나이가 젊어서 판사가 아니라고 생각한 모양이었다. 재산분할을 해야 한다는 것을 도저히 받아들일 수 없는 마음에, 그런 얼토당토않은 내용을 법이라고 말하는 사람이 절대로 판사일 리가 없다고 생각하며 현실을 부정하고 싶었던 것인지도 모른다.

아무튼 그 순간 나는 어떻게 답해야 할지 알 수 없었다. 판사 신분증을 꺼내어 보여주면서 "저 판사 맞습니다!"라고 주장하자니 구차할 뿐만 아니라 판사와 재판받는 당사자의 입장이 뒤바뀐 느낌이었다. 나도 그 순간 차라리 판사가 아니면 좋겠다는 생각이 들었다. 판사가 아니었다면 그런 매정한 말을 할 필요도 없으니. 판사가 아니었다면 그저 그의 가게에서 도시락을 사 먹으면서 맛에만 집중할 수 있었을 테니까.

도시락으로 기억되는 어린 시절

초등학교 때, 처음에는 도시락을 가지고 다니지 않았다. 내가 처음 들어간 '국민학교'는 논밭 한복판에 있었다. 학교를 가려면 20여분 걸려서(가는 길에 친구들을 하나둘 만나서 일행이 불어났다) 왕복 6차선의 큰 도로까지 가서 육교(그 위에서 코스모스 꽃잎이나 종이비행기를 날리곤 했다)를 넘은 다음 학교 앞에 펼쳐진 논밭 사이로 난 울퉁불퉁한 길을 10여분 걸어야 했다. 논밭 한가운데 있던 우리 학교는 '농촌급식시범학교'였나. 학교에서 밥을 주었다. 학부형들이 당번처럼 돌아가며 학교에 와서 점심을 만들었다.

점심시간을 알리는 종소리가 울리면 우리 반 당번들이 식당으로 가서 밥통, 국통, 반찬통과 식판이 가득 담긴 노란 플라스틱 상자를 직접 들고 왔다. 아이들이 고사리 같은 손으로 뜨거운 밥통과 국통을 나르다가 손을 데기도 하고, 철제 식판이 가득 담긴 상자를 들다가 손에 자국이 나기도 했다.

밥은 보리밥이 섞인 쌀밥이었다. 그때 먹은 보리알이 유난히 굵었는지, 혹은 내 손이 너무 작았기 때문인지 보리알을 귤이나 사과처럼 반쪽으로 쪼개어 먹기도 했다.(써놓고 보니 지나친 과장이 아닌가 싶지만 내 기억으로는 정말 그랬던 것 같다.) 학부형들이 만든 음식이라 정성이 들어가 있었고 반찬도 맛있었다. 으깬 감자가 듬뿍 들어간 크로켓은 지금도 그만한 크로켓을 먹을 수 있는 곳이 드물다고 생각한다. 함박스테이크나 돈가스도 훌륭했다.

초등학생인 내 아들도 학교에 도시락을 가져가지 않는다. 학교에서 무상급식을 하기 때문이다. 내가 농촌급식시범학교를 다닐 때처럼 교실에서 배식을 한다. 다만 아들 말을 들어보니 우리 때와는 달리 국통, 밥통, 반찬통, 과일통을 아이들 말로 "급식아주머니님"들이 교실로 넣어준다고 한다. 당번은 여섯명이 두주씩 돌아간다. 당번은 밥, 국, 반찬1, 반찬2, 반찬3, 과일 담당이다. 반찬이나 과일이 조금 남으면 당번들이 우선적으로 더 먹는다고 한다. 엊그저께는 호떡이 하나 남아 당번들이 모여 가위바위보를 해 아들이 먹게 되었는데, 호떡을 들고 자리에 오니 전학 온 지 며칠 안된 옆자리 친구가 그 호떡을 달라고 했단다. 아들은 그 친구에게 호떡만큼은 안된다면서 다른 반찬을 주었다고 한다. 이 이야기를 함께 듣던 막내딸이 야밤에 호떡을 사달라고 졸라댄다.

나는 초등학교 3학년 때 이웃에 새로 생긴 초등학교로 전학을 갔다. 기존에 다니던 학교는 시에서 가장 낙후된 곳이었다. 어떤 선생님은 귀찮다며 교실 뒤 쓰레기통에서 소변을 보기도 했다. 2학년 때에는 담임선생님이 처음에 한달 정도 나오다가 남은 한 학기 내내 출근하지 않았다. 아무도 그 이유를 몰랐다. 그렇다고 다른 선생님들이 들어오지도 않았다. 학생들은 종일 방치되어 있었다. 너무 시끄러우면 다른 반 선생님이 들어와서 조용히 하라고 고함을 지르며 지휘봉으로 교탁을 탕탕 두들겼다. 어떨 때에는 반장은 뭐 하느냐며 호통을 치면서 나를 앞으로 불러내서 따귀를 때렸다.

그 뒤로 나는 매일 앞에 나가서 종일 뭔가를 하면서 시간을 때워야 했다. 교사용 전과에 나오는 문제들을 퀴즈처럼 내기도 하고 아이들에게 숙제를 내주기도 했다. 전날 읽은 책 속 이야기를 반 아이들에게 들려주거나, 심지어 음악 선생처럼 기존 노래를 개사하면서 함께 부르기도 했다. 그때 초등학교 시절 통틀어 가장 공부를 많이 했던 것 같다.

　이웃에 생긴 초등학교는 대기업이 야심차게 만들어 최신식 시설을 갖춘 학교였다. 우리 학교는 재래식 화장실이었는데 그 학교는 그 시절 이미 교실마다 별도의 수세식 화장실이 있었다. 그뿐만 아니라 천체망원경, 수족관, 에어컨, 자동문도 있었다. 당시 다른 초등학교에서는 가르치지 않던 영어, 악기, 테니스도 가르쳤다. 엄마는 욕심이 났는지 위장전입을 시켜서 나를 그 학교로 보냈다.

　그 학교는 농촌급식 학교가 아니었기에 도시락을 싸가야 했다. 전학 첫날 점심시간을 알리는 종이 울리자 반 아이들이 삼삼오오 모여 도시락을 함께 먹었다. 나는 아는 친구가 없어 혼자 내 자리에서 도시락을 꺼냈다. 그때 등 뒤에서 "어이, 일루 와. 같이 먹자"라고 하는 서울말이 들렸다. 돌아보니 우리 반에서 가장 잘생기고 키도 크고 리더십이 있던 친구였다. 지금 같았으면 허허 웃으면서 "그럴까" 하며 합석했겠지만, 그때는 내 성격이 지나치게 내성적이었다. 반갑고 고마우면서도 어딘가 어색하고 불편하기도 했다. 그래서 거절한답시고 한 말이 "어, 내일부터 같이 먹을게"였다. 굳이 내일부터 같이 먹을 이유가 없었다. 너무 말이 안돼 아직도 기억이 난다. 그 친구가 서울말을 하지 않았더라면, 그렇게 잘생기지 않았더라면 합석을 했을지도 모르겠다.

　중학교 때에도 도시락을 싸들고 다녔다. 도시락이 참 맛있었다. 도시락 먹으러 학교를 다니는 것 아니냐고 해도 뜨끔할 수밖에 없을 정도로 도시락 먹는 시간이 좋았다. 점심시간이 되기도 전에 도시락을 다 까먹어버리는 아이들이 태반이었다. 점심시간에는 친구들 도시락에서 햄, 참치, 동그랑땡 같은 인기 있는 반찬이 모습을 드러낼 때마다 무수한 젓가락이 식인물고기 피라냐 떼처럼 습격하곤 했다.

그 시절 도시락통은 플라스틱이 주류를 이루었지만 아버지 시대에 쓰던 직사각형의 납작한 철제 밥통을 그대로 쓰던 친구들도 있었다. 길쭉한 원통형 보온 도시락통도 유행했다. 아내가 자신의 엄마에 대해 흉을 볼 때 들고나오는 레퍼토리 중 하나도 오빠가 쓰던 남자용 원통형 보온 도시락통을 자신에게 물려줬다는 것이다. 그 도시락통을 우리 학창시절에는 많이들 목에 걸고 다녔다. 3층으로 되어 가장 밑바닥에는 국통이 들어가고, 그 위에 길쭉한 밥통이 올라가고, 다시 그 위에 반찬통이 올라가 있는 구조였다. 그 세가지 통을 철로 된 원통형 보온통이 감싸고 있었다. 국통의 온기가 밥통으로 전해져 밥통을 꺼내면 그 표면에 이마에 맺힌 땀방울처럼 송골송골 물기가 묻어 있었다. 지금 생각해보면 굳이 따뜻한 밥과 국을 먹으려고 그렇게 무거운 보온통을 들고 다닐 필요가 있었을까 싶다. 중년이면 몰라도 십대 시절이면 찬밥, 더운밥 차이를 모를 때 아닌가. 우리 아버지처럼 반드시 국이 있어야만 밥을 먹을 수 있는 것도 아니었고.

그때 기술 과목을 가르치던 선생님은 알코올중독이었다. 수업에 들어올 때마다 붉게 물든 얼굴에서 술 냄새를 풍겼다. 지금 돌아보면 보드카를 날마다 마시는 러시아인이라고 해도 믿을 것 같았다. 눈빛도 흐려서 검정색이 아니라 옥색 빛이 감돌았다. 그래도 뭔가를 가르칠 때는 열정이 있었다. 말씀을 힘 있게 하셨다. 술자리에서 말하는 법이 단련되어서 그런지 내용도 재미가 있었다. 그래서 지루하지 않았다. 내연기관을 설명할 때에는 어느 경운기의 엔진 실린더를 들고 와서 교탁 위에 떡하니 놓고 설명했다.

그 선생님의 수업이 지루하지 않았던 또다른 이유는 수업시간의 절반만 가르쳤기 때문이었다. 반토막 난 수업이 끝나면 선생님은 나만 데리고 교실 밖으로 나가서 '해장 도시락'을 배달해달라고 했다. 그 도시락이라는 것은 캔맥주와 쥐포였다. 나는 달려서 운동장을 가로지르고 담을 넘어서 근처 점방에서 해장 도시락을 사다 날랐다. 담을 넘어야 했던 것은 등하교시간과 점심시간을 제외하고는 교문이 잠겨 있었기 때문이다. 담을 넘고 있으면 도둑이 된 것 같아 기분이 찝찝했지만 선생님 지시면 무조건 따라야 하는 줄 알 때였다.

선생님은 공사 중인 위층의 빈 교실에서 기다리고 있었다. 내가 달려왔기 때문에 선생님이 캔맥주를 딸 때마다 거품이 뭉게뭉게 피어올랐다. 선생님은 붉고 큼직한 얼굴을 캔에 대고 그것을 재빨리 흡입했다. 나는 선생님이 술을 다 마실 때까지 그 옆에 앉아서 이야기를 들어야 했다. 그러기를 일주일에 두세번씩 반복했다. 1년이 다 돼가던 날 해장 도시락을 사 들고 계단을 올라가서 3층 복도를 걷다가 문득 창문 밖을 쳐다보았다. 학교 자체가 언덕 위에 있어서 창밖으로 산과 동네가 먼발치에 내려다보였다. 그 창문을 향해 캔맥주를 힘껏 던져버려서 유리창이 와장창 깨지는 장면을 상상하기도 했다.

도시락은 딴짓을 위해 태어났다

소풍을 갈 때에는 항상 김밥 도시락을 싸갔다. 은박으로 된 일회용 도시락통에 김밥이 차곡차곡 쌓였다. 거기 들어가는 밥이 두세 그릇은 될 것이다. 그런데도 소풍을 가서 먹으면 어찌나 맛있고 잘 넘어가 금세 사라지는지. 쌕쌕 오렌지나 콜라, 환타와 함께 먹으면 더더욱.

소풍 가는 날이면 어머니가 평소보다 훨씬 일찍 일어나서 김밥을 만든다. 그러면 나는 그 옆에 앉아서 김밥을 하나씩 칼로 썰어내기 무섭게 손가락으로 집어 입에 쏙쏙 넣는다. 내 배가 불러오면서 김밥을 입에 넣는 속도가 점점 떨어져야 비로소 도마 위에 김밥이 남게 된다. 어머니는 그 김밥들을 은박으로 된 도시락통에 차곡차곡 담는다. 아무리 질서 있게 김밥을 담아도 가방 안에서 잘못 짓눌려 지진이 일어난 지역의 건물들처럼 일제히 뒤틀리는 경우가 허다했다.

김밥은 일본의 김초밥에서 유래한 것이라는 말이 있다. 김초밥은 노름꾼들 사이에서 처음 유행했다고 한다. 한 노름꾼이 노름판을 떠나고 싶지 않아서 김 위에 밥을 얹고 다랑어와 호박을 넣고 말아서 먹었는데 손에 밥풀이 붙지 않아서 편히 노름을 할 수 있었다고 한다.

이러한 유래는 서양의 샌드위치와도 비슷하다. 샌드위치는 18세기경 카드 도박에 빠져 있던 영국의 샌드위치 백작이 처음 만들었다고 알려져 있다. 샌드위치 백작도 배가 고픈데 도박은 계속하고 싶어서 하인에게 빵 사이에 로스트비프를 끼워서 갖고 오라고 했는데 이것이 첫 샌드위치가 되었다고 한다.

지금도 소풍을 가고 싶을 때가 있다. 어느 날씨 화창한 날에 도시락통과 편안한 에세이를 가방에 넣고, 영화 「라라랜드」에 나오는 「Another day of Sun」이나 지브리 스튜디오의 「산책」 같은 노래들을 들으면서, 이웃집 토토로가 산보 가듯이 흥겨운 마음으로 자전거를 타며 개천가를 달리고 싶다. 그러다가 그늘이 있는 의자를 발견하면 거기 앉아서 책을 읽다가 조금씩 도시락을 까먹고 싶다. 도시락통은 보온도시락 말고 그냥 직사각형으로 된 평범한 걸로. 도시락 반찬으로는 삶은 계란 반쪽 두개, 아보카도, 노란 계란물을 입혀 부친 분홍색 소시지, 계란말이, 햄 볶음, 크로켓, 참치, 게맛살, 메추리알, 시금치, 콩자반, 불고기, 샐러드가 아닌 '사라다', 오징어실채볶음, 미니돈가스, 떡볶이, 튀김, 순대, 족발, 만두… (재민아, 너 노점상 차리러 가니?)

갈비탕,
뼈에 새겨진 기억을 좇다

저녁을 어디서 먹을지 정하지 못하고 백화점으로 들어가서 엘리베이터를 탔다. 저 위층에 식당가가 있는 백화점이었다. 엘리베이터 문이 닫히려는데 먼발치에서 인상 좋은 노부부가 내 쪽을 바라보면서 느린 발걸음을 재촉하고 있었다. 재촉했다지만 역시 느린 걸음이었다. 보통 사람이 시속 4킬로미터로 걷는다면 재촉해서 한 시속 2킬로미터 되었을까. 내가 그리 관대하고 이타적인 사람은 아니지만 그렇다고 아주 치사하고 야박한 사람도 아니라서(정말 아니냐고 정색해서 묻는다면 자신은 없지만) 나는 엘리베이터의 문 열림 버튼을 누른 채 그들을 기다리고 있었다. 그렇지 않아도 기다려주려고 했지만 할아버지가 어딘가 장난기 섞인 미소를 짓은 채 유쾌한 눈빛으로 나를 빤히 쳐다보고 있어서 엘리베이터 문이 닫히면 그 시선이 부러질 것 같아 더더욱 문을 닫을 수 없었다. 그 부인의 얼굴도 즐거움이 가득했다. 두분 다 옷도 잘 입었고 젊었을 때에는 상당한 미남, 미녀이자 어느 분야의 실력자였을 것 같았다.

마침내 두분이 엘리베이터 안에 들어왔다. 그러자 할아버지가 환하게 웃으면서 나에게 말했다.

"이이고, 기다려줘서 고맙소. 우리 천당 갈 때도 같이 갑시다."

그 말에 부인이 내 눈치를 보더니 남편의 팔을 쿡쿡 찌르면서 "아유, 이 양반이 또…" 하는데 자기도 웃음보가 터져서 웃음을 참지 못하고 있었다. 이렇게 장난기와 유머가 넘치는 할아버지를 만나니 나도 덩달아 유쾌해져서 농담을 하고 싶었다.(예컨대 이게 바로 천당 가는 엘리베이터입니다,라거나.) 그러나 노인 앞에서 수명에 관한 농담을 잘못했다가는 큰 실례가 되기 때문에 나는 그냥 "네, 그러시지요"라고만 받았다. 저런 분이 내 재판의 피고인이 되었다면 어떨까 생각하게 되었다. 내가 징역형을 선고할 때에도 나를 쳐다보면서 장난스러운 눈빛으로 "우리 감옥 같이 갑시다" 하지 않을까. 아무튼 그분은 능청스럽게 농담을 잘하는 어른이었고 그래서 본인도 할머니도 남들보다 더 자주 웃으면서 살아왔겠구나, 그래서 남들보다 더 젊어 보이고 인상도 좋구나 싶었다. 나도 저렇게 늙고 싶다는 생각이 들었다.

딱히 먹을 것이 떠오르지 않은 나는 괜히 그 노부부가 가는 식당을 따라가게 되었다. 소갈비와 갈비탕을 파는 곳이었다. 저 연세에 아직도 갈비를 뜯을 수 있을 만큼 치아가 성하신가 싶었지만 저렇게 젊게 사시는 분이라면 가능할 수도 있겠다는 생각이 들었다. 나는 갈비탕을 시켰다. 사실 갈비탕은 부러 찾아다니면서 먹게 되지는 않는다. 왠지 갈빗집에서 갈비를 팔다가 남은 것으로 탕을 만든 것 같은 느낌 때문이다. 물론 일단 주면 맛있게 잘 먹는다.

갈비탕이 나왔다. 달걀, 파 고명에 대추까지 올라가 있다. 국물에 기름기도 별로 뜨지 않는다. 젓가락으로 고명을 휘저으면서 당면을 건져 올렸다. 후루루룩. 불지 않고 적당히 쫄깃하다. 고기 냄새가 듬뿍 밴 면과 국물이 특별한 맛을 낸다. 갈비를 뜯었다. 적당히 부들부들하고 뼈에서 잘 뜯긴다. 만들 때 핏물을 완벽히 제거했는지 누린내도 일절 없다. 누린내를 제거하는 데 보기보다 손이 많이 간다고 한다.

시. 험. 잘. 봤. 어. 요.

1995년 겨울, 서울대학교에서 이듬해 대입을 위한 본고사 시험이 있었다. 그 이틀 전 나와 어머니는 새마을호 기차를 타고 서울로 향했다. 서울은 처음 가는 것이었다. 그전까지는 고향인 경주와 사는 곳인 포항만 오갔을 뿐, 대구도 가본 적이 없었다. 새마을호도 처음 타보는 것이었다. 의자 등받이의 머리 두는 곳에 깨끗한 천이 걸려 있는 것에도 감탄하고, 서울역이 가까워질 때 기차의 선로가 예닐곱개 이상으로 퍼지는 것을 보고서는 살짝 현기증을 느낄 정도로 촌놈이었다.

서울역 광장에서 고풍스러운 서울역 건물과 육중한 대우빌딩을 번갈아가며 넋 놓고 바라보고 있는 동안 기다리던 사촌형님이 마중을 나왔다. 중견 회사 영업팀장으로 일하던 사촌형님이 양복을 입고 넥타이를 맨 채 자신감 넘치는 표정으로 다가와서 우리를 주차장에 세

위든 '각 그랜저'에 태우고는 자기 집으로 향했다. 시골 출신 사촌형님이 맨손으로 서울에 가서 번듯한 회사에 다니며 고급차를 타고 집도 장만한 것을 보니 굉장히 출세한 것 같았다. 따지고 보면 그때 사촌형님은 삼십대 후반이었으니 지금의 나보다도 한참 어렸다. 그러나 그때 형님은 지금의 나보다도 타인을 받아줄 수 있는 품이 컸던 것 같다. (형님은 괜히 형님이 아니다.)

원래는 서울대학교 옆 신림동 하숙집에 이틀간 묵기로 예약을 해놓은 상태였다. 하숙집 주인이 처음에는 이틀 묵는 데 5만원이면 된다고 했으나, 시험 날짜가 다가오자 다시 전화가 와서 30만원을 안 주면 방을 내줄 수 없다고 했다. 그 돈이 부담스러웠는지 어머니는 결국 신림동 하숙집 대신 용산에 있는 사촌형님 댁에서 신세를 지기로 한 것이었다.

낮고 오래된 주택이 가득한 언덕의 구불구불한 길을 차로 한참 올라가자 비로소 형님의 집이 나왔다. 빨간 벽돌이 인상적이던 반듯한 주택이었지만 우리 둘이 추가로 머무르기에는 좁은 느낌이었다. 무엇보다도 내가 공부하겠다고 책을 펼쳐놓고 있으니 초등학교를 갓 들어간 어린 조카들이 떠들고 놀 때마다 형수가 내 눈치를 보며 어쩔 줄 몰라 했다. 행여 내가 대학입학시험에 떨어지기라도 하면 아이들이 떠들어서 공부를 못했다고 원망하지나 않을까 신경 쓰였을 것이다. 서른 초반의 새댁이던 형수님이 시이모 모자를 위해 하루 세끼를 내놓는 것도 큰 부담이었을 테다.

더이상 폐를 끼치고 싶지 않은 마음에 나와 어머니는 이튿날 아침

사촌형님 집을 나왔다. 돈을 비싸게 주더라도 원래 가기로 했던 신림동 하숙집으로 가기로 한 것이다. 마침 그 하숙집에 아직 빈방이 남아 있었다. 말리는 형수님을 억지로 떼어놓고 형님 댁을 나왔다. 다만 형수님에게 어떤 전철을 타야 하는지를 물었다. "신용산역에서 파란색 라인 4호선을 타고 가다가 사당역에서 초록색 라인 2호선으로 갈아타면 돼요, 도련님."

나와 어머니는 4호선 지하철을 타고 사당역에서 내렸다. 그리고 내린 바로 그 자리에 가만히 서서 2호선의 초록색 전철이 우리를 태우러 오기를 기다렸다. 나름대로 형수의 지침을 충실히 따른 것이었다. 하나의 버스정류장에 여러 종류 버스가 오듯 같은 지하철 플랫폼에 여러 종류의 지하철이 다니는 줄로만 알았던 것이다. 당연히 아무리 기다려도 그 자리에 초록색 전철은 오지 않았다. 결국 우리는 지하철역 밖으로 나가서 택시를 탔다.

어머니와 나는 신림동 녹두거리 근처에 있는 하숙집에 도착했다. 하룻밤에 한달 치 이상의 하숙비를 건네받은 주인아주머니는 얼굴에 화색을 감추지 못했다. 싱글벙글하던 아주머니는 저녁으로 이런저런 푸짐한 반찬과 함께 갈비탕을 내주었다. 그동안 먹은 갈비탕 중에서 가장 비싼 것이었다. 그러나 위암이 깊어진 어머니는 뜨는 둥 마는 둥 했다.

그날 밤새 하숙집 창밖으로 눈발이 날렸다. 대학입학시험철만 되면 귀신같이 찾아오는 입시 한파는 그해도 어김이 없었다. 겨울바람이 휘파람 소리와 함께 유리문을 흔들어댔다. 스산한 분위기 때문에 책을 펴도 글자가 눈에 들어오지 않았다. 잠에 들기도 어려워 밤새 뒤척였다. 어머니도 마찬가지였다.

다음날 아침 본고사가 개시된 법과대학 현관 앞에서는 수험생만 안으로 들어갈 수 있었다. 나는 옷을 춥게 입은 어머니에게 이제 그만 돌아가시 하숙십에서 쉬고 계시라고 했다. 그러자 어머니는 고개를 건성으로 끄덕이면서 나에게 어서 시험장에 들어가라고 손짓했다. 오전 시험을 마치는 종소리가 들리자마자 나는 점심 도시락을 먹지 않고 1층 현관으로 내려가봤다. 성에가 가득 낀 현관 유리창을 손바닥으로 닦아보니 예상대로 어머니가 아침에 본 그 자리에서 눈을 감고 무덤처럼 고요하게 서 있었다. 문이 잠겨 있었기 때문에 내가 밖으로 나가거나 어머니가 안으로 들어올 수는 없었다. 대화도 어려웠다. 나는 주먹 쥔 손의 가운뎃손가락 마디로 유리창을 톡톡 두들겼다. 몇 번을 반복하자 인기척을 느낀 어머니가 눈을 떴다. 나는 잠시 어머니를 쳐다보다가 한자 한자 입 모양을 만들었다.

"시. 험. 잘. 봤. 어. 요."

어머니는 처음에는 내 입이 하는 말을 못 알아들었다. 나는 더욱 천천히 같은 입 모양을 반복했다. 비로소 어머니가 알아들은 것 같았다. 어머니의 깡마른 얼굴이 풀리면서 미소와 함께 불그스름한 생기가 돌았기 때문이다. 마치 이제 막 갈비탕 한 그릇을 다 비운 사람처럼.

갈비에 얽힌 재판들

갈빗집을 운영하던 부부가 있었다. 하루가 멀다 하고 싸웠다. 날이 갈수록 싸움 정도가 심해졌다. 서로 날이 선 말을 경쟁적으로 해댔다. 그러던 어느날 큰 부부싸움 끝에 남편이 죽었다. 갈비를 뜨는 칼이 남편의 갈비뼈 사이로 파고들어 심장을 단번에 관통했다. 검찰은 부인이 남편을 그 칼로 찔러서 죽였다고 보고 살인죄로 기소했다. 그러나 부인은 무죄를 주장했다. 남편이 먼저 그 칼을 들고 자신을 찌르려고 했고 자신은 이것을 막으려 몸싸움을 벌였는데 그 과정에서 남편이 자기 손에 든 칼로 자기 심장을 찔렀다는 것이다.

부검 결과 죽은 남편의 가슴에는 15센티미터 깊이의 자상이 나 있었다. 칼은 심장을 수직으로 파고들었다. 남편의 시체에 주저흔이나 방어흔이 없었다. 남편의 시체가 발견될 당시에 칼이 시체에 꽂혀 있지도 않았다. 이러한 점들을 보면 부인의 주장을 납득하기 어려웠다. 남편이 칼을 들고 부인과 실랑이하다가 칼로 자기 심장을 스스로 찔렀다는 것부터 고개를 갸웃거리게 만들었다. 남편이 부인보다 체격이 컸다. 그런데 힘이 밀려서 스스로 심장을 찔렀다니. 설사 그것이 가능하다고 하더라도 칼이 심장을 너무나 반듯하게 수직으로 파고들었다. 칼을 들고 공격하던 사람이 겨눈 칼날의 방향을 정반대로 돌려서 자신의 가슴에 박히게 만드는 신공은 엽문이나 황비홍 정도만이 가능한 것 아닐까. 게다가 남편의 가슴에 박힌 칼이 어떻게 빠져나왔는지에 대해서 부인은 횡설수설하며 설명을 제대로 하지 못했다. 1심과 2심은 그 부인에게 살인죄를 인정했다.

그런데 대법원에서 이 판결은 뒤집어졌다. 부인의 말대로 실랑이 과정에서 남편이 스스로를 칼로 찔러 사망했을 가능성을 배제할 수 없다는 게 이유였다. 키가 더 작고 힘도 약한 부인이 더 강한 남편을 칼로 찔렀다면 남편에게 방어흔이 있을 텐데 방어흔을 찾을 수 없는 점, 정신없이 싸우는 도중에 칼날은 어떤 방향으로든 신체에 꽂힐 수 있다는 점 등이 근거였다. 남편 시체를 부검한 법의학자가 이 사건에서 칼날이 남편의 갈비뼈나 물렁뼈를 피해 바로 근육에 꽂혔기 때문에 칼날이 수월하게 파고들었고, 같은 이유로 수월하게 칼을 빼낼 수도 있으므로 스스로 칼날을 빼냈을 가능성도 배제하지 못한다고 한 것도 근거가 됐다.

갈비탕을 휘젓다 내 젓가락이 갈비뼈와 물렁뼈를 피해 곧바로 소의 근육에 꽂히면서 이 사건이 생각났다. 이 사건을 회상하다보니 아내에게 평소에 잘해야겠다는 생각이 들었다. 갈비탕도 대접해가면서.

어느 의사가 제기한 이혼 재판도 기억난다. 결혼 후 반년 만에 이혼 소송을 제기한 것이었다. 신랑은 당시 어느 대학병원 레지던트였는데 마담뚜의 중매로 결혼을 하게 된 것이었다. 신랑은 처음 선을 보았을 때 신부가 별로 마음에 들지 않았다고 한다. 그런데 그로부터 얼마 뒤에 신부 어머니가 자신을 소갈빗집으로 데리고 가서 비싼 소갈비를 사주면서 "다른 데는 다 월세를 올렸는데 이 집 주인은 참 착하고 성실한 분들이라서 올해 월세를 안 올렸어"라고, 지나가는 바람이 속삭이듯 말했다. 그 건물은 지상 5층 지하 2층의 꽤 비싼 건물이었다.

그 말을 들은 의사는 아, 이 건물이 전부 장모의 것이구나,라고 믿게 되었다. 장모는 마담뚜를 통해서 그 의사에게 결혼하면 차도 사주고, 생활비도 주겠다고 했다. 의사는 곧 그 장모의 딸과 결혼했다.

그런데 결혼을 해보니 처갓집이 처음 알던 것과 달랐다. 장인, 장모뿐만 아니라 신부의 학력이 과대하게 뻥튀기되어 있었다. 그 갈빗집 건물은 처가와는 무관한 것이었다. 의사 사위는 처갓집에서 차를 사준다기에 적어도 그랜저를 사줄 줄 알았는데 아반떼를 사주었다. 장모가 생활비를 주기는 주었는데 극히 적은 액수였다. 법정에 나온 신부 엄마가 말했다. "내가 언제 차를 사준다고 했지 좋은 차를 사준다고 했습니까? 내가 생활비를 준다고 했지 언제 생활비를 전부 다 준다고 했습니까? 월세가 안 올랐다고 했지, 언제 내가 월세를 안 올렸다고 했습니까?" 이어서 그 장모는 준엄하게 꾸짖듯 외쳤다. "아니, 원고는 사랑이 아니라 돈 때문에 결혼했단 말입니까?" 결국 원고의 이혼 청구는 기각되었다. 결혼하면 장인 장모가 돈을 엄청 주겠다고 한 약속을 못 지켰다고 그것이 이혼 사유가 될 수는 없기 때문이다. 장모가 환호하는 것을 보고 나는 속으로 경악하면서도 아무것도 속인 것이 없었던 아내에게 깊이 감사했다.(그러나 아내는 속아서 결혼했다면 좋았겠다고 한다. 알고 보니 내게 아파트가 있었다거나.)

감옥을 아빠가 가야 하나, 엄마가 가야 하나

내 법정에 온 피고인 부부는 선남선녀였다. 남자도 훤칠하고 여자도 빼어난 미녀였다.(마치 나와 아내의 젊을 때를 보는 것 같았다,고 말하면 물론 내단히 염치가 없기는 하다.) 서로의 아름다움을 보고 단번에 반해버렸는지 두 사람은 나이 스물한살에 결혼을 했다. 결혼을 필사적으로 반대한 부모는 결혼식에 참석하지 않았을 뿐만 아니라 결혼 이후 연락을 끊었다. 그러나 부모가 반대할수록 두 사람의 사랑은 더 뜨겁게 불타올랐다. 80년대 로맨스 영화처럼.

그러나 영화는 영화다. 현실은 현실이고. 영화 속 삶은 아무리 힘들어도 두시간이면 끝나지만, 현실의 고통은 끝도 바닥도 없다. 여자는 직업이 없었고 남자는 어느 일식집 주방 보조였다. 경제적으로 넉넉할 리 없었다. 두 사람은 월셋집을 전전했다. 결혼 직후 딸이 생기면서 두 사람 생활은 더 어려워졌다. 아내는 아무 도움도 없이 혼자 하루 종일 딸을 키우느라 지쳐갔다. 남편은 아무리 열심히 일해도 늘지 않는 월급 때문에 쪼들렸다. 처음에는 가난에도 불구하고 사랑만으로 행복할 수 있다고 믿었던 두 사람 사이의 하트에 균열이 가기 시작했다.

그리고 문제의 그날 밤, 두 사람은 집에서 소주를 마시다가 크게 다퉜다. 여자는 딸을 혼자 키우는 게 너무 힘들다며 짜증을 냈고, 남자는 그래서 나더러 더이상 뭘 어쩌라는 것이냐며 신경질적으로 받아쳤다. 서로의 마음에 생채기가 날수록 입에서는 점점 더 날카로운 말이 나왔다. 고함이 치솟고, 급기야 몸싸움까지 일어났다. 그러자 불안해진 두살짜리 딸이 누운 채 자지러지도록 울었다. 딸 육아로 인한 스트레스가 극도로 치솟은 여자가 딸을 집어들고 벽에 내던졌다. 딸의 두개골이 깨지고 머리에서 피가 흘렀다. 그것을 본 남자가 그럴 거면 아예 아기를 죽이지 그러느냐면서 칼을 가지고 와서 아기의 배를 찔렀다. 갈비뼈가 여러개 부러졌다. 그때 아기의 울음소리가 뚝 그쳤다. 부모는 그제야 정신을 차리고 아기를 데리고 병원으로 갔다. 다행히 (사실 그것이 다행인지도 잘 모르겠다) 아기는 살았다. 대신 큰 수술 끝에 머리에도, 배에도 큰 흉터를 얻었다.

두 남녀가 법정에 서게 됐다. 여자는 아기를 안고 나왔다. 맡길 사람이 없었다고 한다. 칼이라는 흉기로 큰 상해를 가한 사건이라 징역형이 불가피했다. 문제는 실형인지, 집행유예로 풀어주는지 여부였다. 남의 자식에게 이렇게 했다면 고민할 것도 없이 두 사람 모두 실형을 선고할 사안이었다. 그러나 이 사건의 경우 둘 다 실형을 선고하면 아기가 어떻게 될지 막막해진다. 아기를 보육원에 맡기는 방법도 있지만, 보육원이 아무리 좋아졌다고 하더라도 아픈 두살배기 아기를 제 부모만큼 충분히 잘 보살펴줄지도 확신할 수 없었다.

여자를 구속하면 육아를 해보지 않은 남자 혼자 아이를 잘 키울 수 있을 것 같지 않았다. 남자의 적은 수입으로는 아기를 돌볼 사람을 따로 구할 수도 없었다. 그렇다고 남자를 구속하자니 아무 수입이 없고 가족과 인연까지 끊긴 여자가 과연 아기를 제대로 키우면서 살아갈 수 있을지 의문이었다. 그렇다고 둘 다 집행유예로 풀어준다면 유사

한 사안에서 실형을 받는 다른 피고인과의 형평성에 문제가 생길뿐
더러 피해자인 아기를 다시 가해자 손에 맡기는 셈이 됐다. 법정에 선
아버지와 어머니는 크게 뉘우치고 있고 아기를 사랑으로 키우겠다고
다짐했다. 극도의 불신 어린 눈으로 보자면 강한 처벌을 모면하고자
반성하는 모습을 인위적으로 만든 것으로 보인다고도 할 수 있었다.

그러나 나는 결국 두 사람 모두 집행유예로 풀어주었다. 피해가 크
고 죄질이 나쁘지만, 피고인들이 초범이고, 우발적 범죄이며, 피해자
가 피고인들의 자식이라는 점을 고려했다. 상해죄는 피해자를 보호
하기 위한 죄인데, 엄마와 아빠 중 한 사람을 감옥에 보내서 결과적으
로 피해자인 아이가 성장하는 데 어려움을 겪게 된다면 그것은 크게
봤을 때 정의로운 일이 아닌 것 같았다. 낭만적 결혼에 평생을 걸었던
두 사람의 순수함과 젊음을 한번 더 믿어보고 싶은 마음도 없지는 않
았다. 결국에는 아이를 보란 듯이 잘 키워서 훗날의 아이에게, 서로에
게, 서로의 부모에게, 자신들의 순수한 선택이 옳았다는 것을 증명하
기를 응원하는 마음도 있었다.

판결을 선고했을 때 두 사람은 기대를 못했는지 얼떨떨해하면서
주변을 둘러보기도 하고 서로를 마주 보기도 하며 어쩔 줄 몰라 했다.
아내가 아기를 안고 있던 손에 힘을 꽉 주던 것이 기억난다. 그 청춘
부부는 지금 어떻게 살고 있을까. 잘 살고 있을까. 언제든 갈비탕 한
그릇 정도는 대접해줄 수 있는데. 갈비탕을 함께 먹게 된다면 묻고 싶
다. 아이는 잘 크고 있는지. 그러면 이렇게 대답할 것 같다.

"잘 커요. 많이 컸어요. 잘 웃어요. 집도 좀 안정되었고요. 부모님들

과도 화해를 해서 애도 봐주세요. 그땐 저희가 왜 그랬는지 모르겠어요. 그때는 우리 둘 다 너무 어렸어요. 딸이 가끔 자기 갈비뼈 아래 난 칼자국이 어떻게 하다 생겨난 것이냐고 물어볼 때가 있는데 그때는 어떻게 말해야 할지 모르겠어요."

갈비탕의 육수가 시원하다. 대파, 다시마, 무가 함께 우러난 맛이다. 국물에 밥을 말지 않고 숟가락으로 육수를 떠먹는데도 밥이 술술 넘어간다. 갈비탕은 이상하게 밥 한 공기가 수월하게 비워진다. 밥 한 공기를 더 시켰다.

곰탕,
한 그릇에 뭉그러진 사실과 마음

나는 자전거로 출퇴근한다. 출근할 때 자전거 위에서 해가 뜨거나 퇴근할 때 자전거 위에서 해가 질 때도 있다. 주로 개천가에 난 자전거도로를 달린다. 곁을 지나는 다른 운전자들은 쇼트트랙 스케이트 선수처럼 상체를 숙이고 재빠르게 획획 내달리지만 나는 느릿느릿 주변을 구경하면서 달린다. 다른 자전거와 레이싱을 펼친다거나 다른 자전거를 앞질러 가고 싶은 욕심이 없다.

나는 그저 평온하게 산보를 가는 기분을 오랫동안 느끼기 위해서, 햇볕의 따스함을 느끼면서 경치를 구경하기 위해서, 오디오의 베이스음을 조금 더 키우듯이 내 심장의 두근거림을 조금 더 강하게 느끼고 싶어서 자전거를 탄다. 개천을 묵묵히 흐르는 물과 양쪽으로 무성하게 난 풀, 그 속에 돋아난 민들레나 해바라기 같은 꽃들을 무심한 눈으로 쳐다보면서 페달을 밟는다. 가장 집중하는 것은 얼굴에 불어오는 바람의 감촉이다. 추운 날은 피부가 얼얼하고 더운 날은 사우나에 들어선 것처럼 후끈거린다. 햇살이 얼굴에 닿을 때의 느낌에도 주목한다. 그러다보면 똑같은 길을 매일 달려도 매일 느낌이 달라진다.

자전거를 타고 법원에 도착하면 마음속 쓰레기통에 넣어둔 잡념들을 쓰레기 소각장에 비우고 온 듯 홀가분한 기분이 든다. 불순물이 제거된 만큼 나 자신이 좀더 또렷해진 느낌이 든다. 건강해지고, 젊어지고, 착해진 느낌이 든다. 샤워를 하고 옥상으로 올라가서 경치를 내려다보며 커피에 샌드위치를 먹는다. 너무 맛있다. 이것을 맛있게 먹으려고 부러 한시간씩 자전거를 타고 출근하는 것인지도 모른다.

나는 자전거가 인간이 만든 무동력 소품들 중에 가장 근사한 작품이라고 생각한다. 어떻게 가느다란 바퀴 두개만 달린 물건이 옆으로 쓰러지지 않고 달려갈 수 있을까. 내 몸보다 큰 기계가 한 손으로 들어 올릴 수 있을 정도로 가볍다는 것도, 타이어가 지면에 접촉하는 부분이 그렇게 좁다는 것도 신기하다. 무엇보다도 기름이나 석탄과 같은 연료의 도움을 받지 않고 오로지 인간의 힘만으로 그토록 빨리 움직일 수 있도록 만든다는 것이 가장 놀랍다. 세상에 신기한 물건이 셀 수 없이 많지만 내 마음속 가장 큰 경탄의 꽃다발은 오랜 시간 자전거 앞에 놓여 있었다. 언젠가 자전거와 책과 커피를 파는 가게를 운영해보는 것도 꿈이다.

고등학생 때에는 3년 내내 자전거로 등하교를 했다. 고등학교에 갔더니 군대 문화가 많았다. 조례 때 인사는 '정직'이라는 구호를 외치면서 거수경례로 했다. 일주일에 한번씩 선배들이 찾아와 '원산폭격'

을 시키면서 군기 잡는 시간이 있었다. 스쿨버스에서 1학년은 감히 자리에 앉을 수 없었고, 3학년은 누아르 영화 주인공들처럼 눈에 힘을 주고 앉아 있었다. 그런 분위기가 싫어서 스쿨버스를 타지 않고 자전거로 등하교를 하기 시작했다. 집이 조금 먼 편이어서 오르막 내리막이 뒤섞인 길을 매일 왕복 두시간 정도 자전거로 달렸다. 비가 와도, 눈이 와도 자전거를 탔다. 비가 심하게 오면 커다란 비닐봉투를 얼굴에 덮어쓰고 눈, 코에 구멍을 뚫었다. 덕분에 스트레스도 해소하고, 따로 운동을 하지 않고도 공부하는 데 필요한 체력을 확보할 수 있었다.

작가 무라카미 하루키는 『직업으로서의 소설가』(양윤옥 옮김, 현대문학 2016)라는 에세이에서 "소설을 쓴다는 것은 상당히 저속의 기어로 이루어지는 작업입니다. 걷는 것보다는 약간 빠를지도 모르지만 자전거로 가는 것보다는 느리다, 라는 정도의 속도입니다"라고 했다. 그리고 "너무 머리 회전이 빠른 사람, 특출하게 지식이 풍부한 사람은 소설 쓰는 일에는 맞지 않습니다"라고 했다. 그런데 이 말은 판사에게도 적용된다고 생각한다. 재판할 때도 자전거를 느리게 타고 갈 때처럼 주변을 두리번거리다가 간간이 멈춰 서서 멍 때리기도 하는 것이 좋다. 그러면 재판을 하는 판사도, 재판을 받는 당사자도 지금보다 기분이 나을 것이다. 그러나 현실은 사납금 납입에 쪼들리는 총알택시 운전사처럼 헉헉거리면서 내달리는 경우가 많다.

문제의 그날은 일요일인데도 사무실에 나와서 밤늦게까지 판결문을 썼다. 지엽적 쟁점까지 거론하면서 당사자들이 치열하게 다투는 바람에 기록이 수천 페이지로 불어난 '깡치'였다. 판결문이 50페이지를 넘어섰다. 이렇게 열심히 써도 이 판결문을 읽는 사람은 검사와 피고인뿐이다. 판결문의 양이 너무 많아지면 피고인이 과연 다 읽을 수나 있을는지, 읽어도 이해할 수 있을는지 의문이 생기기도 한다. 너무 두껍고 복잡하게 만들어서 손님의 팔다리가 들어가지 않는 옷을 만드는 재봉사가 된 것은 아닐까 하는 생각이 든다.

판결문이 자세할수록 항소심 판사들이 좋아한다. 정리가 잘되어 있는 만큼 항소심에서 사건을 파악하기도 쉽고 판결문 쓰기도 쉽다. 항소심 판사들 사이에서 좋은 평을 받아야 판사 평정이 좋아진다. 법원장은 단독판사를 평정할 때 항소심 판사들에게 물어본다. 그러니 판결문을 작성하는 판사들 중에는 사실 피고인이 읽기 편한 판결문보다 항소심 판사들이 만족할 판결문을 작성하는 경우가 많다. 그래서 판결문의 양은 점점 더 많아지고 거기에 적힌 글은 쉬워질 기미를 보이지 않는다. 판사 입장에서는 한건을 해결하는 데 점점 더 많은 시간이 필요해지고, 야근과 주말 근무가 불가피해지고, 사건 당사자의 얼굴을 보며 이야기를 충분히 들을 여유가 없어진다.

황소에 올라타듯 자전거를 타고

그날도 밤에 자전거를 타고 집으로 향했다. 개천가에 난 자전거도로를 따라 자전거가 미끄러지듯 나아갔다. 한밤중이라 인적이 드물었다. 모처럼 공기도 맑았다. 학창시절 음악을 들으며 자전거 타고 등하교 하던 일도 떠올랐다. 휴대전화를 꺼내 그 시절 즐겨 듣던 015B의 음악을 틀었다. 너에게 들려주고 싶은 이야기, H에게, 5월 12일, 어디선가 나의 노래를 듣고 있을 너에게, 세월의 흔적 다 버리고.

나는 속도를 올렸다. 빨리 달리고 싶어졌다. 황소에 올라타서 목줄을 잡은 것처럼 엉덩이를 쳐들고 페달을 밟았다. 앞바람을 가르며, 주변 사람들을 가르며 질주하다가 숨이 차오르면 살아 있다는 느낌이 강렬하게 느껴졌다. 으악! 그때 자전거가 도로 위에 불쑥 튀어나와 있던 돌부리에 걸리더니 앞으로 빙글 돌았다. 몸이 허공에 붕 뜨는가 싶더니 땅바닥에 내동댕이쳐졌다. 급작스러운 움직임에 상황 판단도 잘 되지 않고 무엇을 어떻게 할 수도 없었다. 큰 충격의 파도가 온몸을 훑고 지나갔다. 통증이 느껴지면서도 동시에 큰 고통 때문에 작은 고통이 멀게 느껴졌다.

산책 내지 조깅을 하던 사람들이 나를 힐끔힐끔 쳐다보고는 그냥 지나갔다. 술에 취해서 쓰러진 주정뱅이처럼 보는 것 같았다. 휴대전화로 119를 불러야겠다는 생각을 했지만 머리맡에 떨어진 전화기까지 손이 닿지 않았다. 나는 잠시 모든 것을 체념하고 반듯하게 누웠다. 밤하늘에 흩어진 소금처럼 흰 별들이 보였다. 테킬라 잔 끝에 걸린 레몬 조각 같은 노란 달도 떠 있었다. 015B의 노래를 들으면서 땅바닥에 드러누워 바람을 맞으며 밤하늘을 구경하는 것도 나쁘지 않았다. 그때 어떤 남자가 어둠 속에서 고개를 내밀고 물었다. "저기, 괜찮으신가요?" 아니, 요즘 세상에 이런 사마리아인이 있나 해서 쳐다보니 낯이 익었다. 우리 법원 직원이었다. "아니, 계장님!" "아니, 판사님!" 선한 사마리아인 직원 덕분에 나는 무사히 택시를 타고 동네 대학병원에 있는 응급실로 갔다.

병원건물은 백화점처럼 깔끔했다. 젊은 응급의학과 의사가 내 팔 곳곳을 누르면서 아프냐고 물었다. 아플 때도 있었고 안 아플 때도 있었다. 의사는 골절된 것 같은데 확실히 알기 위해서는 촬영을 해봐야 한다고 했다. 엑스레이를 찍으러 방사선실에 갔다. 방사선사가 촬영복으로 갈아입으라고 했다. 나는 팔과 옆구리가 아파서 옷을 갈아입기 힘들다고 했다. 그러나 그녀는 엑스레이 기계같이 투박한 말투로 그래도 정해진 대로 갈아입어야 한다고 했다. 나는 할 수 없이 옷을 넝마처럼 반쪽만 겨우 걸쳤다. 나는 기계에 드러누워서 팔과 옆구리를 자세를 바꾸어가며 다각도로 엑스레이를 찍었다. 팔이 아파서 요구하는 자세를 취할 수 없다고 해도 그녀는 정해진 대로 찍어야 한다며 지시하는 자세를 취하라고 다그쳤다.

정형외과 앞에서 한시간이 넘도록 기다렸다. 그곳에는 20대로 보이는 전공의와 인턴 둘이서 환자를 보고 있었다. 전공의는 목소리가 걸걸하고 태도에 거침이 없었다. 안하무인 스타일이었다. 주눅이 들어 조심조심 묻는 할머니 환자에게 짜증을 내면서 "아, 그렇게 기다리면서 날밤을 까야 됩니다. 내가 지금 더 해줄 게 없어요"라고 쏘아붙였다. 뽀얀 얼굴에 어울리지 않게 솜털 같은 구레나룻이 나 있어서 더 보기가 싫었다. 전공의는 옆의 인턴을 함부로 다루면서 지속적으로 핀잔과 지적을 투척했다. 나는 그 전공의에게 치료받고 싶지 않아졌다. 그에게 치료를 받다가는 팔보다 기분이 더 상할 것 같았다.

병원을 떠나고 싶어졌다. 내 앞에 환자가 그 할머니 한명뿐인데 한 시간 이상 방치된 채 기다리는 것도 싫었다. 나는 자리에서 일어났다. 그러자 전공의가 놀란 표정으로 나에게 "환자, 어디 갑니까?"라고 물었다. 나이가 열댓살은 어릴 것 같은데 말투는 열댓살 많은 사람 같았다. 나는 그냥 집에 간다고 했다. 그는 나에게 갈 수 없다고 했다. 들어올 때에는 마음대로 들어와도 일단 들어오면 나갈 수 없다고 했다. 근거가 뭐냐고 묻고 싶었지만 법률가 티를 내기 싫어서 다시 앉았다.

전공의는 턱짓으로 인턴에게 내 팔에 빨리 석고 붕대를 해주라고 지시했다. 고등학생처럼 어리게 생긴 인턴이 달려와서 내 팔에 붕대를 감았다. 그러고는 고개를 갸웃거리면서 다시 풀기를 세번이나 반복했다. 풀고 다시 감을 때마다 팔에 통증이 점점 더 커졌다. 아마도 석고 붕대를 처음 씌워보는 것 같았다. 내 팔에 감긴 석고 붕대를 최종적으로 확인하러 온 전공의가 보더니 내 코앞에서 인턴에게 버럭 야단을 쳤다. "야, 이게 대체 뭐야! 다시 해!" 인턴은 다시 붕대를 감으면서 내 귀에만 들리는 소리로 "씨…"라는 욕설을 거듭 내뿜었다. 나는 다시 간다고 했다. 전공의는 못 간다고 했다. 나는 못 가게 하는 근거가 뭐냐고 했다. 전공의는 당황하더니 어딘가에 전화해서 환자가 못 나가는 근거가 뭔지를 물었다. 그러고는 돌아와서 갑자기 친절하게 말했다. 가실 때 가시더라도 그럼 석고 붕대를 하고 엑스레이만 찍고 가시라고.

나는 왼팔에 석고 붕대를 하고 다시 방사선실로 가서 엑스레이를 찍었다. 그런데 좀 전의 방사선사가 석고 붕대를 한 왼손이 아니라 오른손을 거듭 찍었다. 왜 오른손을 찍느냐고 물어보니 의사의 오더라고 했다. 얼마나 더 찍어야 하느냐고 물으니 아직 많이 남았다고 했다. 나는 중단하고 그 전공의에게 왜 오른손을 찍어야 하느냐고 물어보았다. 그러자 전공의는 당황하더니 왼손을 찍어야 한다고 말했다. 나는 전공의보다 더 당황할 수밖에 없었다. 전공의는 방사선사에게 찾아가서 내가 언제 오른손을 찍으라고 했냐, 왼손을 찍으라고 했지, 하고 소리쳤다. 방사선사는 분명히 아까 당신이 오른손을 찍으라고 했다면서 목소리를 높였다. 그렇게 두 사람은 서로 실랑이를 벌이면서 지루할 정도로 싸웠다. 저 두 사람을 내가 조정 내지 화해를 시켜줘야 하는 거 아닌가 하는 생각마저 들었다.

곰탕에는 곰이 들어가지 않는다

전공의의 제지를 만류하고 그냥 병원을 떠나려는데 원무과 직원이 잘못 찍은 오른손 엑스레이 촬영비까지 달라고 했다. 아, 정말 믿을 수가 없었다. 이것이 21세기 대한민국 대학병원의 수준이라니. 화가 치밀어 올랐지만 법원에 재판받으러 오는 사람들도 이런 감정을 느낄 수 있다고 생각하니 감정이 수그러들었다. 당사자들이 도저히 못하겠다고 신음하는데도 판사인 내가 '정해진 대로' 한답시고 그들을 무리하게 절차 속에 집어넣고, 그들에게 무례한 태도로 말하고, 왼팔과 오른팔을 바꾸어 판결해서 가해자를 피해자로 피해자를 가해자로 둔갑시키고, 무죄를 선고해야 할 사람을 감옥에 가두고 감옥에 가야 할 사람을 풀어준 적이 있지 않았을까. 그들은 돌아서자마자 한탄했을 것이다. 이것이 21세기 대한민국 법원이라니, 하면서.

결국 다음날 다른 병원에 갔다. 여러모로 정상적인 병원이었다. 엑스레이 사진을 찍어보니 갈비뼈 두개가 부러지고 손목과 팔에도 골절이 있었다. 왼쪽 팔에 통째로 깁스를 했다. 갈비뼈 골절은 별수 없다고 해서 병가를 내고 꼼짝도 못한 채 집 침대에 누워 있었다. 기침을 하거나 웃을 때마다 갈비뼈에 통증이 몰려왔다.

곰탕이 먹고 싶어졌다. 파가 둥둥 떠 있는 뿌연 국물에 소의 살과 연골이 몰캉몰캉 씹히는 곰탕. 어머니는 내가 아프거나 다칠 때마다 곰탕을 끓여주었다. 소뼈를 고아낸 국물이라 그걸 먹으면 뼈와 살이 잘 붙는다고 말하면서.

많은 사람들이 그랬겠지만 곰탕이라는 말을 처음 들었을 때 나는 그것이 곰을 끓인 음식인 줄 알았다. 염소탕은 염소를, 꽃게탕은 꽃게를, 잉어탕은 잉어를 끓인 것과 마찬가지로. 나는 곰탕을 먹으면서 그 속에 들어간 연골이나 뼈가 곰의 발가락이라고 믿었다. 와, 곰의 발가락은 정말 뭔가 다르구나, 하는 식이었다. 단군 신화에 나오듯이 곰이 인간의 원조이기 때문에 곰탕을 먹으면 새살이 돋는구나, 하고 믿었다. 그래서 괜히 마늘도 더 집어먹고. 그러나 곰탕이라는 이름은 '고다'라는 단어에서 왔다고 한다. 고다는 '뭉그러지도록 푹 삶다' '진액만 남도록 푹 끓이다'라는 뜻이다. 그러니 곰탕은 푹 고아서 만든 탕이라는 뜻이다.

곰탕은 맛도 좋지만 먹는 재미도 있다. 꼬리곰탕은 입으로 쪽 빨아

당기면 뼈다귀에 붙어 있던 흐물흐물해진 고기가 쏙쏙 빠져나온다. 양지 곰탕은 고기를 건져내서 수육처럼 기름장이나 마늘장에 찍어 먹으면 고소하기 이를 데 없다. 소의 무릎 관절인 도가니를 넣고 끓인 도가니탕은 말캉말캉하면서도 탱글탱글한 물렁뼈를 우물우물 씹는 재미가 있다.

부글부글 끓는 희뿌연 곰탕에 파를 듬뿍 넣고, 굵은 흰 소금도 넣고는 후루룩후루룩 먹고 싶다. 도가니를 입에 넣고 오물오물 씹고 싶다. 엄지와 검지로 꼬리뼈 조각을 들고 고기를 빨아먹고 싶다. 집에서 종일 곰탕을 끓이는 건 사실상 어렵다. 나가서 사 먹으려 해도 몸이 불편하니 외출할 수 없다. 몸을 조금 움직일 수 있게 되면 나가서 곰탕을 먹어야겠다는 생각뿐이다. 사골을 고아낸 국물을 마시고 도가니 물렁뼈를 먹으면 어머니 말대로 뼈가 금세 붙을 것 같다.

뭉그러진 고기 조각을 맞추듯

수년 전 이른바 곰탕집 성추행 사건이 있었다. 어떤 남성이 곰탕집에서 곰탕을 먹고 나가다가 앞에 지나가던 여성의 엉덩이를 만졌다는 이유로 강제추행죄로 기소된 사건이다. 증거로는 당시 상황을 촬영한 곰탕집 안 CCTV가 있다. 그러나 그 화면만으로는 남성이 여성의 엉덩이를 만졌는지 여부가 확인되지 않았다. 앞뒤 상황을 고려해볼 때 피고인이 피해자의 엉덩이를 만졌다면 곰탕을 먹고 신발을 신고 나가는 과정에서 1.3초 안에 만졌다는 뜻이다. 피고인에게는 1심에서 징역 6개월의 실형이 선고되고 2심에서 징역 6개월에 집행유예 2년이 선고됐다. 그러자 그 남성의 아내가 억울하다는 취지로 인터넷에 글을 올렸고, 이 사건은 곧 사람들의 입방아에 오르내렸다.

나도 진실은 모른다. 내가 직접 재판하지 않았고, 기록을 보거나 증인 진술을 직접 들은 적도 없다. 그래서 이 사건의 어느 한쪽 결론을 지지할 생각이 결코 없다. 진실은 너무나 간단하다. 피고인이 만졌거나, 안 만졌거나. 무엇이 진실인지는 당사자들이 확실히 알고 있다. 그러나 이런 사건을 재판하는 과정은 그리 간단치 않다. 한 그릇의 곰탕을 만들기 위해서 스무시간 사골을 끓이고, 고기를 썰고, 고명을 만들고, 뚝배기를 데우는 작업이 숨어 있는 것처럼.

판사가 결론을 내리면서 헛다리를 짚으면 파장은 곰탕을 엎지른 것과는 비교할 수 없을 정도로 심각하다. 피고인이 만진 적이 없는데 유죄 판결이 났다면 그의 아내 글에서 볼 수 있듯 한 가족의 명예가 산산조각 난다. 그뿐만 아니라 피고인은 직장에서 잘릴 수도 있고 다시 취직을 못 할 수도 있다. 반면 피고인이 만졌는데 무죄 판결이 나면 피해자가 억울하다. 자기 돈으로 변호사까지 선임해 큰마음을 먹고 고소를 해서 국가에 처벌을 호소했음에도 가해자가 면죄부를 얻고 유유히 빠져나갈 때의 그 참담한 마음은 겪어보지 않은 사람은 모른다.

판사가 되기 전에는 판사의 일이 주로 법리적인 문제를 판단하는 것인 줄 알았다. 그런데 판사가 되고 보니 대부분 어떤 사실이 '있었는지'를 판단하는 일을 하게 되었다. 피고인이 그때 돈을 받았는지 안 받았는지, 피고인이 그 자리에 갔는지 안 갔는지, 피고인이 그때 그 말을 했는지 안 했는지, 피고인이 그때 특정 사실을 알고 있었는지 모르고 있었는지를 밝혀내는 것이 핵심 작업이다. 재판의 승패도 대부분 사실 확정에서 판가름 난다. 재판은 유화복원사가 옛날 명화를 복구하듯이 과거를 복구하는 작업이다. 어두운 밤 랜턴을 들고 골목을 돌아다니면서 도둑처럼 숨어 있는 과거의 흔적들을 채집해서 모자이크처럼 끼워 맞추는 것이다.

난이도 측면에서도 법리보다 사실 확정이 더 어렵다. 판사가 법리적인 문제를 잘 모를 때에는 먼저 법조문을 찾아서 적용해보고, 법조문이 애매하면 판례를 찾아보고, 판례가 없으면 교과서나 논문을 찾아보고, 국내 자료가 없으면 외국 자료를 찾아보고, 그래도 안되면 똑똑하다고 소문난 동료 판사에게 물어보면 대부분 해결된다. 그러나 어떠한 사실이 있었는지 여부는 그렇지 않다. 판사가 되기 전에는 증거를 찬찬히 살펴보고 논리적으로 따지면 손쉽게 사건의 진상을 알아낼 수 있을 줄 알았다. 드라마 속 셜록 홈스나 CSI처럼. 순진한 착각이자 발칙한 오해였다.

판사는 증거를 채택한 다음 채택된 증거를 놓고 증거조사를 한다. 증거조사 절차에서는 판사가 증인을 신문하고, 사진이나 동영상을 보고, 각종 문서를 읽으면서 어떤 사실의 존부存否에 대한 심증을 형성한다. 그러나 증거조사를 한다고 해서 범죄 당시의 상황이 알라딘의 요술램프처럼 3D 입체영상으로 재구성되는 것도 아니다. 「셜록」이나 「CSI」에는 아귀가 딱딱 맞는 완벽한 증거가 등장한다. 다 끼워 맞추면 진실이 온전하게 드러난다. 그러나 실제 재판에서는 증거가 늘 부족하다. 증거가 충분하면 사건이 법정까지 왔겠는가. 현실의 법정에서 증거들은 퍼즐 조각이 아니라 곰탕 속 고기 조각 같다. 몇 조각 있지도 않은데다 그 조각도 귀퉁이가 녹아서 형체가 없다. 그래서 아귀가 안 맞는다. 소머리곰탕에 들어간 고기와 뼈를 다 모아도 소의 얼굴이 재생되지 않는다.

곰탕집 성추행 사건을 둘러싼 이런저런 말 중에 귀담아들을 부분도 있지만 오해도 있다. 피해를 당했다는 여성의 말 외에 아무런 증거가 없다는 주장이 대표적이다. 하지만 피해자인 여성의 말 자체가 증거다. 물론 그 말의 신빙성은 별개 문제다. 이것은 형사소송이 민사소송과 다른 점이다. 민사소송에서는 원고와 피고의 말이 주장일 뿐 증거가 아니다. 물론 당사자 본인을 신문해 그것을 증거로 삼는 절차가 있지만 실무상 잘 하지 않는다. 신문을 해봤자 원래 하던 주장을 되풀이하며 우기는 경우가 대부분이기 때문이다.

증거가 없거나 부족한 부분은 논리와 상식으로 채워넣어야 하는데 그것도 쉽지 않다. 예컨대 형사재판에서 누구에게 맞아서 상해를 입었다는 사실을 입증하고자 전치 2주짜리 진단서를 내는 경우가 많다. 가해자로 지목된 사람은 이를 절대 인정하지 않는다. 오히려 피해자가 의사를 속여서 허위 진단서를 발급받은 것이라 주장한다. 2주짜리 진단서는 환자가 의사에게 가서 말로만 아프다고 해도 끊어주는 경우가 적잖은 것이 사실이다. 이럴 때에는 상해가 있었다고 인정해야 하는가, 인정하지 말아야 하는가. 상대가 자신의 머리채를 잡아당긴 폭력의 증거라면서 머리카락 수십가닥을 찍은 사진을 제출하는 경우도 왕왕 있다. 그러면 상대방은 욕조에 남아 있는 머리카락을 모아서 사진 찍은 것이라고 반론한다. 그러면 머리채를 잡아당긴 사실을 인정해야 하는가, 인정하지 말아야 하는가. 2중 추돌 교통사고 사건을 재판할 때 각 충돌로 인한 장애율을 산정해달라는 내용으로 감정을 담당하는 의사에게 요구했더니 의사가 이렇게 말한 적이 있다. "감이 떨어졌는데 바람이 불어 떨어진 건지, 감이 익어서 저절로 떨어진 건지 사람이 어떻게 알 수 있겠습니까?" 그럼에도 어떻게든 답을 내야 할 의무가 있는 사람이 할 말은 아니었지만 그 심정만큼은 충분히 이해할 수 있다.

성범죄 전담 재판을 하면서 밤늦게까지 성범죄 동영상을 본 날이 잦았다. 예컨대 지하철 안에서 잠복 형사들이 찍은 동영상들이다. 피고인이 피해자의 뒤에서 몸의 어느 부위를 얼마나 밀착시켰는지, 손으로 피해자의 몸을 만졌는지 안 만졌는지를 확인하기 위해서 구간 반복을 수없이 한다. 그래도 분명하게 알 수 없는 경우가 대부분이다. 화면에 행위 여부가 선명하게 나왔다면 법정에 오지도 않았을 것이다. 그런데도 달리 방법이 없으니 답답한 마음에 계속 영상을 구간반복 해보게 된다.(지하철 안의 상황일 뿐이니 오해는 마시라.) 제아무리 공부를 많이 한 법학의 대가라 해도, 대법관이나 대법원장이라 해도, 이런 동영상을 계속 다시 돌려본다고 해서 피고인이 피해자를 만졌는지 안 만졌는지 확실히 말할 수 없을 때가 많을 것이다. 판사를 더 위축시키는 것은 바로 당사자는 진실을 안다는 사실이다. 훤히 다 알고 있는 학생들 앞에서 확실하게 모르는 무엇인가를 아는 척하며 가르쳐야 하는 선생이 된 기분이다. 분명히 답이 존재하는 그 사소한 사실 한 조각조차 온전히 알 수 없다는 사실. 그 사실이 판사를, 인간을 한없이 작게 만들 때가 있다.

재판했던 사건 중에 유독 잊히지 않는 강제추행 사건이 있다. 피고인과 피해자가 모두 연세가 많은 분으로 지방의 작은 동네에서 수십년 동안 각자 장사를 하면서 살아온 사이였다. 그런데 피고인이 어느 날 밤에 술에 취한 채 피해자의 가게에 들어와서 이런저런 불평을 늘어놓으면서 피해자의 가슴을 한번 만지고 갔다는 것이 피해자의 고소 내용이자 검찰의 기소 요지였다.

그러나 피고인은 "결코 피해자의 가슴을 만진 사실이 없다"며 "억울해서 자살이라도 하고 싶은 심정"이라고 펄쩍 뛰었다. 그러면 피해자 역시 펄쩍 뛰면서 "나야말로 피고인이 무죄를 받으면 자살하겠다"라고 엄포를 놓았다. 그러면 이번엔 피고인의 아내와 가족이 "죄 없는 사람을 무고하지 말고 그냥 지금 죽으라"며 펄쩍 뛰었다.

나야말로 펄쩍 뛸 지경이었다. CCTV가 있을 리 없는 어느 작은 가게에서, 아무 목격자도 없이 단둘이 있는 현장에서, 그것도 순식간에 발생했다는 추행의 유무를 내가 어떻게 알 수 있겠는가. 그러나 무죄 판결을 하자니 피해자가 죽을 거라고 하고, 유죄 판결을 하자니 피고인이 죽을 거라고 한다.

곰탕을 먹을지 설렁탕을 먹을지 헷갈릴 때

판사는 어떠한 사실을 인정할지를 '입증의 기준'과 '입증책임'에 따라 결정한다. 판사는 어떠한 사실이 존재한다고 확신을 가질 때 그 사실을 인정할 수 있다. 그런데 여기서 확신은 어느 정도 강해야 하는가. 확률로 따지자면 그런 일이 발생했을 가능성이 51% 이상이면 인정할 수 있고, 49% 미만이면 인정할 수 없는 것인가. 아니면 그 사실이 발생했을 가능성이 90% 이상이면 인정할 수 있는 것인가. 입증의 기준은 판사가 어느 정도 확신이 들어야 어떤 사실이 존재한다고 판단할 수 있는가에 대한 기준이다. 형사재판의 입증의 기준은 민사재판, 가사재판 등 다른 재판보다 더 높다. 법과 판례가 제시하는 기준은 '합리적 의심이 없을 정도'(beyond the reasonable doubt)이다.

여기서 말하는 '합리적 의심'이란 검찰이 제기한 공소사실 외에 다른 시나리오가 존재할 수 있다는 의심을 말한다. 쉽게 말해서 피고인이 죄를 저질렀다는 의심이 아니라 반대로 죄를 저지르지 않았을 수 있다는 의심이다. 다시 말해서 피고인이 죄를 범했다고 의심할 수 있는 것만으로는 부족하고 더 나아가 피고인이 죄를 범하지 않았다는 의심을 모두 배제할 수 있을 정도로 입증이 되어야 유죄판결을 할 수 있는 것이다. 이러한 확신이 들지 않을 때에는 무죄판결을 해야 한다.

예컨대 내가 부러진 뼈를 빨리 붙도록 하기 위해서 오늘 무슨 음식을 먹어야 할지 결정해야 하는 상황이라고 가정해보자. 지금 이 순간 나로서는 일단 곰탕을 먹고 싶은 마음이 크다. 어릴 적 어머니가 곰탕을 먹으면 뼈와 살이 잘 붙는다고 말한 기억이 있기 때문이다. 그렇다고 곰탕보다 더 뼈가 붙는 데 도움이 되는 메뉴가 존재할 합리적 가능성을 완전히 배제할 수 있느냐고 물으면 그렇다고 확답할 수 없다. 인터넷으로 맛집 검색을 하거나 식당가를 돌아다녀보면 곰탕보다 더 뼈가 붙는 데 효과가 좋은 메뉴를 찾을 가능성도 있다. 그러니 곰탕이 이 순간 먹기에 가장 적합한 음식이라고 단정할 수는 없는 것이다. 단정하려면 인터넷 검색과 시장조사를 통해 곰탕만 한 것이 없다는 근거까지 있어야 한다.

형사재판에서는 이런 종류의 가능성을 배제할 수 없다면 피고인을 유죄라고 단정할 수 없다. 하지만 곰탕 외에 다른 먹을 만한 음식이 없는지를 그렇게까지 치밀하게 따져보지는 않았어도 지금 내가 가진 정보와 경험에 비추어 곰탕이 최선의 선택일 개연성이 높다. 이 정도의 확신이 민사재판의 입증의 기준이라고 할 수 있겠다. 유능한 변호사는 의뢰인에게 유리한 사실에 대해서는 판사로 하여금 입증의 기준 이상의 확신이 들도록 만들고, 의뢰인에게 불리한 사실은 판사의 확신을 흔들어서 입증의 기준을 밑돌도록 만든다.

그럼에도 불구하고 끝까지 어떠한 사실이 존재하는지 여부에 대한 확신이 들지 않는 경우도 많다. 이때 판사를 구해주는 것이 입증책임이다. 어떠한 사실의 존부에 대해 확신이 들지 않는 경우에는 입증책임을 지는 쪽에게 불리하게 사실을 인정하면 된다. 애매할 때에는 어느 쪽으로 결정한다고 방향을 정해놓는 것이다. 가령 곰탕을 먹을지 부대찌개를 먹을지 헷갈릴 때에는 나트륨이 적은 것을 먹는다거나,

값이 싼 것을 먹는다거나 하는 식으로 기준을 정해놓는 것이다.

민사, 가사, 행정 재판은 원고와 피고가 입증책임을 골고루 나누어 진다. 법률의 문언을 일차적 기준으로 삼는다. 법 조항의 본문을 어느 한쪽 당사자가 입증하면, 단서는 상대방이 입증해야 하는 식이다. 예컨대 민법 제390조는 "채무자가 채무의 내용에 좇은 이행을 하지 아니한 때에는 채권자는 손해배상을 청구할 수 있다. 그러나 채무자의 고의나 과실 없이 이행할 수 없게 된 때에는 그러하지 아니하다"라고 규정하고 있다. 이에 따르면 원고는 채무불이행 사실만을 입증하면 채무자를 상대로 손해배상청구권이 발생한다. 원고가 채무자에게 고의나 과실이 있었다는 점을 입증하는 데 실패하더라도 패소하는 것은 아니다. 왜냐하면 채무자의 고의나 과실은 위 법조문의 단서에 규정되어 있고 그 (고의나 과실이 없었다는) 입증책임은 채무자에게 있기 때문이다.

입증책임을 나누어 지는 민사 등 다른 재판과는 달리 형사재판에서만큼은 모든 입증책임을 검사가 진다. 무죄추정의 원칙에 따라서 피고인은 형이 확정될 때까지 무죄로 추정되기 때문이다. 겉으로 드러난 범죄행위뿐만 아니라 피고인의 고의나 과실까지도 검사가 입증해야 한다. 형사재판에서 판사가 피고인이 범죄를 저질렀는지 여부에 대해서 확신이 들지 않으면 피고인은 무죄가 된다. 이러한 맥락에서 세계 문명국들 사이에서는 형사법상 '의심스러울 때에는 피고인의 이익으로'라는 법언이 통용된다.

형사법 제도는 처벌할 사람을 처벌하고 무고한 사람을 처벌하지 않는 것이 가장 이상적이다. 그러나 현실에서는 둘 다 만족시키기가 어렵다. 사람에 대한 의심을 강화하는 방향으로 제도를 운영하면 풀려나는 진범은 줄겠지만 무고한 사람이 처벌되는 경우가 늘어난다. 반대로 억울한 소지가 보이면 되도록 풀어주는 방향으로 제도를 운영하면 무고한 사람들이 처벌되는 경우는 적겠지만 진범들도 우르르 풀려난다. 법대생 때 교과서에는 열명의 범인을 놓치더라도 한명의 억울한 사람을 만들어서는 안된다고 쓰여 있었다. 그 말이 너무나 당연하게 보였다. 그러나 판사가 되어 재판을 해보니 이 문제가 그리 간단하지 않다는 것을 깨닫게 되었다. 만약 그 열명의 범인이 어린아이들을 납치해서 강간한 악질 범인이라면. 그 범인이 내 가족을 해친 사람이라면. 한명의 억울한 사람을 만들지 않기 위해 열명의 범인이 아니라 천명의 범인을 놓쳐야 한다면 그래도 그렇게 할 수 있을까. 결코 쉽지 않은 문제인 것이다.

앞의 그 강제추행 사건은 아무리 생각해도 도저히 알 수 없었기에 결국 나는 '의심스러울 때에는 피고인의 이익으로'라는 원칙에 따라서 무죄를 선고했다. 선고 직후에 피해자 아주머니는 법정에서 "이게 무슨 법치주의냐, 똥치주의지!"라고 고성을 지르면서 격렬히 항의하다가 경위의 제지를 받고 겨우 물러났다. 그러나 무죄판결은 공소사실을 인정할 증거가 부족하다는 뜻이지, 그런 사실이 '없다'는 것을 확인해준 것은 아니다. 증거가 조금만 더 있었더라면 그 사실이 인정될 수도 있다는 말이다. 미국 법정은 "Not Guilty"(유죄가 아님)라고 선고하는데 '무죄'보다는 이 표현이 더 정확한 것 같다.

성범죄에 있어서 요즘에는 '성인지 감수성'이라는 개념이 힘을 받고 있다. 판사가 성인지 감수성을 가져야 한다는 것은 사실을 인정하거나 어떤 사람의 행위를 평가할 때 성별 간의 차별적 요소를 민감하게 식별해서 제거해야 한다는 뜻이다. 성인지 감수성은 사실관계를 확정하는 과정에서 주로 작동한다. 무죄추정원칙이나 '의심스러울 때에는 피고인의 이익으로'에 앞설 수는 없지만, 성인지 감수성이 긍정적인 작용을 하는 것은 틀림없다. 수십년 전 우리 사회에 만연한 성차별적 편견은 지금으로서는 믿기 어려울 정도다.

예컨대 간통죄에 관하여 편○○ 판사가 1954년 5월 15일 선고한 판결문은 이렇게 판시하고 있다. "남성의 간통은 혼인의 평화를 해침이 없이 그 처에 대하여 충실할 수 있는 반면에, 처의 간통은 자연적으로 혼인의 평화를 해침이 많을 뿐 아니라 자손의 혈통에도 중대한 영향이 있다" "고소인 현○○(다른 여자와 간통을 한 남자의 부인)이 경기고등여학교를 졸업한 지식인으로서 응당 한국 여성의 주부로서 걸어갈 의무와 자신의 신상진퇴에 관한 것 등을 능히 판단 처리할 수 있는 여성이면서도 중매인의 말에 현혹되어 불과 수일 만에 혼인을 거행한 것은 허영의 소치라는 점" "별거 후 남편과의 상의도 없이 의과대학생으로서 4년간이나 학창생활을 하고 있다는 점" 등을 인정하면서 이러한 사정에 비추어 볼 때 고소인 현○○이 남편의 간통을 묵인한 것이라고 인정하고 공소기각 판결(공소권이 인정되지 않는, 쉽게 말해서 검사가 기소할 수 없는 사건이라는 뜻임)을 선고했다.(이 판결은 2심에서 뒤집혀 간통한 남자에게 징역 6월에 집행유예 2년의 유죄 판결이 인정되었다.)

1심에서 이런 판결을 한 판사가 아무리 특이한 사람이었다고 하더라도 판결문에 저런 문구가 버젓이 나오는 것을 보면 당시 우리 사회의 성차별적 인식이 얼마나 심각했는지 알 수 있다. 지금 내가 저런 판결을 한다면 곰탕 몇 톤을 먹어도 회복될 수 없을 정도로 몰매를 맞을지도 모른다.

곰탕 한 그릇에 녹아내리는 고단함

사고를 당하고 일주일이 지나 몸을 일으킬 정도가 되자마자 나는 깁스한 왼팔을 휘적거리면서 동네 뒷골목의 곰탕집으로 향했다. 한자리에서 35년을 영업한 유서 깊은 집이다. 삼겹살이 먹고 싶다는 아내를 다음에 오겹살, 칠겹살을 사주겠다며 어르고 달래 곰탕집으로 유인했다. 가는 동안 도가니탕을 먹을지 꼬리곰탕을 먹을지 고민하느라 입꼬리가 올라갔다.

결국 나는 도가니탕을 시키고 아내는 꼬리곰탕을 시켰다. 나는 멀쩡한 한쪽 손만으로 국자를 들고 깍두기를 퍼서 접시에 올려놓았다. 아직 곰탕은 나오지도 않았는데 벌써 싱글벙글이다. 맛있는 음식을 앞에 두고 있으니 아내와 이야기할 때에도 잘 웃게 된다. 옆구리 갈비뼈가 아픈 것도 잊고 껄껄 웃는다. 열댓시간 고아낸 곰탕 한 그릇에 사십몇년 된 사람의 고단한 마음이 단번에 녹아내린다는 사실. 그 사실도 한 인간을 한없이 작게 만든다. 이번에는 유쾌하게.

탕이 나오자 아내는 고기를 앞접시에 옮겨놓고 국물을 먼저 먹었다. 나는 반대로 도가니탕 그릇 안에서 도가니와 고기부터 뜯어먹었다. 나는 먹는 속도가 토끼처럼 빠른 편이고, 아내는 거북이처럼 느린 편이다. 토끼는 맨날 먼저 다 먹고 이쑤시개로 이를 쑤시면서 거북이가 먹는 것을 지켜본다. 그러다가 식욕을 참지 못하고 슬금슬금 젓가락을 들고 거북이의 먹이까지 노리게 된다. 이번에도 내 도가니를 다 먹어치우고 아내가 앞접시에 쌓아둔 고기를 향해 젓가락을 뻗었다. 쩅! 아내의 젓가락이 펜싱선수의 검처럼 내 젓가락을 막았다.

통닭,
아무하고나 먹을 수 없는

　주말 오후, 출출해서 가족들과 간식으로 뭘 먹을까를 고민하다가 결국 가장 자주 먹는 것으로 결정했다. 통닭이다. 통닭 시킬까, 하고 물어보면 아주 반기지는 않더라도 싫다고 하는 사람은 별로 보지 못했다. 피자는 종류가 많아서 선택하는 데 고민이 되지만 통닭은 고민이 덜하다. 통닭에는 양념 반 프라이드 반이 있으니까. 밥을 곁들이면 반찬이 되기 때문에 한끼를 해결하기도 쉽다. 요즘은 치킨 종류가 많아져서 닭다리나 닭날개만 담아주는 경우도 있고 뼈를 발라서 주는 경우도 있다. 나는 개중에서도 옛날통닭, 특히 배에 마늘과 기름을 잔뜩 바른 마늘통닭을 가장 좋아한다.

온 가족이 통닭을 뜯던 날

내가 초등학생 때에는 우리 아버지 포함 많은 아버지가 월급날마다 3천원짜리 통닭을 집에 사들고 왔다. 비닐봉투를 열면 닭 한마리가 통째로 들어가 있는(그래서 '통닭'이다) 와이셔츠 색 종이봉투가 나왔다. 봉투 안쪽에서부터 번진 기름얼룩 때문에 '시스루룩'이 돼 그 속이 힐끔힐끔 비쳤다. 그 안으로 드러나는 통닭의 굴곡과 볼륨은 내 식욕에 불을 질렀다. 손바닥만 한 비닐봉지도 하나 따로 담겨 있다. 터질 듯 빵빵하게 부푼 투명 비닐 안에는 식촛물과 함께 치킨무가 가득 담겨 있었다. 그와 별도로 쭈글쭈글해진 은박지를 열면 케첩과 마요네즈가 뿌려진 '사라다'가 들어 있었고, 후추와 뒤섞인 소금은 그 당시 약국의 약봉지처럼 대각선으로 여러번 각을 잡아서 접은 종이 안에 싸여 있었다.

어머니가 맨손으로 뜨거운 통닭에 손을 댔다 떼기를 반복하면서 흰 봉투에서 통닭을 끄집어낸다. 그동안 식구들은 통닭을 뚫어져라 쳐다보고 냄새를 맡으며 침을 삼켰다. 통닭의 색깔은 황토색이라고 할 수도 없고 갈색이라고 할 수도 없는, 누가 봐도 '아, 저것은 통닭색이구나' 하는 색깔이다. 그것은 마치 바다를 보면서 파란색도, 하늘색도, 군청색도 아닌, 저건 바다색이구나 할 수밖에 없는 색깔이 존재하는 것과 마찬가지다.

통닭의 꽃이자 에이스는 역시 닭다리다. 가장 두툼하면서 육질도 다른 어떤 부분보다 더 쫄깃쫄깃하다. 양도 가장 많은데 질도 가장 좋다니. 사람으로 치자면 잘생기고 키도 크면서 똑똑하고 성격도 좋은 격이다. 어머니가 맨손으로 먼저 닭다리 하나를 잡고 뜯는다. 굵은 허벅지가 몸통에서 떨어져나가면서 통닭 겉껍질에 지진이 일어나고 살과 힘줄이 툭툭 끊겨나간다. 이윽고 어머니가 테니스에서 서브를 넣을 때 라켓을 잡듯 닭다리를 트로피 자세로 들어 올리면 식구들은 시선이 일제히 거기에 묶인 채 그것이 누구에게 갈지 촉각을 곤두세운다.

닭다리를 누가 먹는지가 통닭을 둘러싼 사람들의 서열을 말해준다. 첫 닭다리는 아버지 앞에 갔다. 문제는 두번째 다리였다. 이것을 그냥 어머니가 먹으면 괜찮은데 그것을 군이 맏아들인 내게 주곤 했다. 여동생은 속으로 서운했을 것이다. 혹자는 당시 여자가 닭다리를 먹으면 안되는 분위기가 있었다고 한다. 어느 할머니로부터는 자기 집 식모가 닭다리가 너무 먹고 싶어 제사상에 올릴 닭다리 하나를 몰래 싱크대 밑에 숨겨놓았다가 냄새 때문에 들킨 경우가 있다는 말도 들은 적 있다. 가부장적 문화가 (통닭) 뼛속까지 깊숙이 스며들어 있던 시절이었다.

닭다리를 남자들에게 주는 대신 어머니는 "남자가 날개 먹으면 바람피운다"라면서 날개만큼은 여동생에게 주었다. 그런 말을 들을 때마다 날개와 바람이 무슨 상관관계가 있는지 궁금했다. 날개를 퍼덕여 바람을 일으킨다는 뜻인지, 날개를 먹으면 새가 되어 둥지(가정)를 두고 훨훨 날아간다는 뜻인지. 아내는 다리를 못 먹던 여자들이 날개라도 확보하려고 만든 말이 아닐까라고 추측한다.

다리를 아버지와 나에게 내어주고 날개 두 조각을 동생에게 준 어머니는 닭의 목을 집어들었다. 내가 더 맛있는 부위를 드시라고 닭다리를 양보하면 어머니는 "목을 먹어야 노래를 잘한다" "나는 목이 제일 맛있다" 하며 서둘러 목 조각을 입안에 집어넣었다. 그러나 목을 그렇게 많이 먹었던 어머니가 노래를 잘한다는 말은 들어본 적이 없다.

나는 껍질을 가장 좋아했다. 씹을 때마다 바그락바그락, 와스락와스락 크래커 먹을 때보다 더 요란한 소리가 난다. 겉은 동물성 기름에 튀겨진데다가, 마늘통닭의 경우 기름에 절인 다진 마늘이 손이 트면 어머니가 발라주던 '안티푸라민' 연고같이 듬뿍 발려 있다. 껍질의 안쪽 면에는 얇은 지방층이 붙어 있어서, 입안에 찢어 넣고 씹으면 맛이 없으려야 없을 수가 없다. 나는 지금도 마늘통닭의 껍질만을 벗겨내서 프랑스 요리에 쓰는 근사한 접시 위에 올리고 번쩍거리는 금속 뚜껑까지 덮어 내놓으면 푸아그라 못지않게 인기 있는 고급요리가 될 수 있다고 혼자서 생각한다.

1980년대 중반 등장한 '멕시칸 양념통닭'은 마치 가요계에 혜성같이 등장한 서태지와 아이들처럼 선풍적 인기를 불러일으켰다. 세상에 어떻게 이렇게 맛있는 음식이 있을 수 있나 하고 충격을 받았다. 소스가 요상하게 맛있었다. 점심때 먹고도 저녁에 또 시켜 먹자고 했다. 1990년대 들어서는 춘천닭갈비가 유행했다. 아, 불판에서 달구어진 닭갈비는 어떻게 그렇게 보들보들한지. 닭갈비와 함께 볶아낸 떡과 양배추는 또 얼마나 맛이 있던지. 원조 춘천닭갈비를 먹기 위해서 춘천까지 순례 여행을 떠나기도 했다. 2000년대에는 안동찜닭이 제법 인기를 얻었다. 어릴 적부터 큰집에 제사를 지내러 가면 먹던 검정색 찜닭(제사 음식이라 검정색인 줄 알았었다)이 유행하니까 느낌이 조금 이상하기는 했다. 그렇게 닭의 유행은 바뀌어도 처음 맛본 옛날통닭에 대한 충성심은 변치 않았다.

집구석에 통닭 한번 사들고 온 적이 없어요

특별한 사이가 아니라도 같이 밥을 한끼 먹을 수는 있다. 심지어 어쩌다가 함께 술자리를 같이할 수도 있다. 그러나 가만히 생각해보면 아무하고나 통닭 한마리를 같이 먹지는 않는다. 오십대 주부 A가 제기한 이혼소송을 재판하면서 새삼 깨달은 사실이다.

A는 큰아이가 자폐고 둘째 아이는 뇌성마비였다. 시집올 때부터 계속해서 시부모를 모시고 살았다. 시집을 안 간 시누이도 함께 살았다. 시누이는 종종 입원해야 할 정도로 심한 우울증이 있었다. 여기까지만 들어도 누구든 A의 시집살이가 여간 힘들지 않았으리라 짐작하게 될 것이다. 그러나 남편 B는 집이 부자라서 경제적으로 풍족한데 A가 대체 왜 힘들다고 하는지 모르겠다는 입장이었다. 가정에 아무런 문제가 없다고 했다. B가 그런 말을 하는 것을 보고 남편이 전혀 소통이 안되는 사람이라는 A의 말을 이해할 수 있었다. A는 남편을 두고 "지금까지 집구석에 통닭 한번 사들고 온 적이 없어요"라고도 했는데 B를 대해보니 과연 집에 통닭을 사들고 갈 사람은 결코 아닌 것 같았다.

A는 자신이 엄청난 부잣집에 시집을 갔다고 했다. 시집 재산이 200

억원이 넘는다고 했다. 그래서 재산분할금으로 그 절반인 100억원을 청구했다. 남편 B는 부모로부터 목장을 물려받아 그 안에 대저택을 짓고 살았다. 취미는 고급 지프차를 타고 사냥을 다니는 것이었다. 그러나 조사를 해보니 실제 B의 재산은 도합 10억원 정도였다. B가 소유한 목장이나 임야가 넓기는 했지만 시장에서 큰 가치가 있는 것은 아니었다. 10억원도 물론 큰돈이지만 A가 생각하는 재산 규모인 200억원에는 크게 미치지 못한다. 그러나 A는 B의 재산조회 결과를 보고도 믿지 않았다. 필시 B가 어딘가에 대부분의 재산을 숨겨놓았다고 믿고 있었다.

200억원과 10억원의 차이는 결코 적지 않다. 이러한 인식과 현실의 괴리가 A의 이혼청구권을 위태롭게 만들어놓았다. 예컨대 A는 B에게 아이들의 특수교육비로 실은 월 200만원을 지불하면서 월 700만원을 지불한다고 속였다. 그리고 차액 월 500만원은 5년에 걸쳐 C라는 사십대 후반 여성에게 갖다주었다. C에게 몰래 준 금액이 도합 3억원이 훌쩍 넘었다. 한때 가톨릭 수녀였다는 C는 남편 B와는 달리 A의 고민을 성의 있게 들어주었다. C는 자신에게 기부를 많이 해야 A 아이들의 병이 낫는다고 했다. A는 이혼을 해서 재산분할금으로 100억원을 받으면 그 돈으로 C와 함께 서로 마음을 위로하면서 살 예정이라고 했다. A의 말을 듣다보면 C가 사이비 교주 같다는 생각이 들었다. 그러나 A는 C가 소통이 너무 잘 되고 세상에서 자신을 가장 잘 이해해주는 따뜻한 사람이라고 했다.

한편 B는 이혼당할 이유가 하나도 없다고 맞섰다. 자신이 외도를 한 것도 아니고, 폭력을 행사한 적도 없고, 생활비를 안 준 적도 없는데 왜 이혼을 당해야 하느냐고 반문했다. 오히려 A에게 잘못이 더 많다고 지적했다. 이상한 여자인 C에게 낚여서 통장에 있는 현찰의 대부분을 빼돌리는 바람에 이제 자기는 부동산을 빼면 빈털터리가 되었다고 했다. A에게 분노조절장애가 있어 화가 나면 벽돌로 차 유리, 집 거실 유리를 다 깨뜨려놓곤 하고 심지어 얼마 전에는 자기 얼굴도 내리찍었다면서 휴대폰으로 찍은 사진을 보여주었다. 휴대폰에는 과연 관자놀이부터 피가 줄줄 흘러내리는 B의 사진이 있었다. 그 사진을 보고 A는 자기가 벽돌로 B의 얼굴을 내리쳤다는 사실을 부인하지 않았다. 단지 B가 너무 소통이 되지 않아 답답함이 폭발했다고 말할 뿐이었다.

우리나라 대법원은 이혼을 인정하는 데 있어서 '파탄주의'가 아니라 '유책주의'를 취한다. 쉽게 말해서 파탄주의는 두 사람 사이가 극도로 나빠지면 그 자체로 이혼을 허용하는 것이다. 유책주의는 파탄에 책임이 있는 사람만 이혼을 당할 수 있도록 하는 것이다. 다시 말해서 파탄에 잘못이 없거나 상대적으로 적은 사람이 책임이 더 많은 사람을 상대로 이혼을 청구할 수 있고, 반대로 책임이 큰 사람이 책임이 없거나 적은 사람을 상대로 이혼 청구를 하는 것은 허용되지 않는다. A와 B의 경우에는 객관적으로 확실하게 드러난 증거만 놓고 따지자면 부부가 모은 재산을 몰래 빼돌리고 벽돌로 B의 얼굴을 내리쳐서 상해를 가한 A의 책임이 더 컸다. B에게도 상대에 대한 공감 능력이나 소통 능력이 부족하다는 문제점이 있지만 그것은 재산을 빼돌리거나 상해를 가한 사실에 비해서 객관적으로 입증하기 어려운 사실이다. 게다가 소통은 개념상 쌍방향적인 것이라 두 사람 중 어느 한쪽에게만 책임이 있다고 말하기도 곤란하다.

따라서 법적으로는 원고인 A의 이혼 청구가 기각될 가능성이 높은 사건이었다. 그러나 아무리 봐도 두 사람이 앞으로 함께 행복하게 살기는 어려울 것 같았다. 이 가족이 통닭을 함께 먹는 장면이 도무지 그려지지 않았기 때문이다. 나는 두 사람에게 합의이혼을 권유했다. 두 사람의 전 재산 10억원을 절반씩 나누는 조건이었다. 그러나 이 말에 A도, B도 펄쩍 뛰었다. A는 이혼하겠다, B는 이혼할 수 없다는 말만 반복했다. 나는 결국 이혼 청구를 기각한다는 판결을 내릴 수밖에 없었다.

아마 어떤 사람들은 이혼하러 온 부부를 판사가 감동적으로 화해시키고 두 사람이 행복하게 살도록 만드는 미담을 막연하게 기대할는지도 모르겠다. 그러나 재판 과정에서 판사가 당사자들을 서너번 만나 수십년간 쌓인 부부 문제를 해결하는 것은 불가능에 가깝다. 두 사람이 헤어지는 과정에서 상처를 최소화시켜주는 것만으로도 아주 성공적인 재판이다. 나는 가정법원 판사가 불치병 환자를 수술하는 외과의사가 아니라 고통을 덜 받고 사망하도록 도와주는 호스피스에 가깝다고 생각한다.

판결을 선고하던 날 A와 B가 모두 법정에 출석했다. 내가 이혼 청구를 기각한다는 판결을 선고하자 A는 망연자실한 표정으로 잠시 앉아 있더니 펑펑 울기 시작했다. 반면 B는 화색을 감추지 못하며 일어섰다. 저렇게 입장이 다른 두 사람에게 헤어지라고 하지 못하고 같이 살라고 판결하는 마음이 여간 불편한 것이 아니었다. 결혼도 계약이다. 쉽게 벗어날 수 없는 계약. 이혼을 원하는 쪽은 어떻게 결혼이라는 제도가 이렇게 비인간적으로 사람을 평생 구속하면서 사랑을 강요할 수 있느냐, 사랑은 계약으로 강제할 수 있는 성질의 것이 아니라며 납득할 수 없어 한다. 그러나 이혼을 원치 않는 쪽은 결혼은 단순히 물건을 사고파는 계약보다 훨씬 더 강력하게 서로를 구속해야 한다고 생각한다. 아이들을 보호하기 위해서라도 더더욱. 그런 구속이 싫으면 결혼하지 않고 연애만 하며 지냈어야 한다고 보는 것이다.

내 사랑 치콜

우리 아이들은 통닭을 몇 조각 먹는 듯하더니 3분의 1을 남겼다. 내가 어릴 때에는('라떼는 말이야') 상상도 못할 일이다. 이런 생각을 하는 것 자체가 나도 늙다리 꼰대가 되어간다는 뜻이다. 대신 아이들은 콜라를 물처럼 마신다. 내가 어릴 때에는 콜라가 몸에 나쁘다고 해서 잘 먹지 않았다. 그러나 이제는 아이들은 물론 나도 마음껏 마신다. 특히 통닭을 먹을 때에는 콜라 없이 먹지 못한다. '치콜'은 진리다. 콜라가 없다는 것은 라면을 먹는데 김치가 없다는 것과 같다.

콜라가 몸에 나쁘다는 말도 있지만, 치아를 상하게 한다는 말을 제외한 다른 것은 믿지 않는다.(믿고 싶지 않기도 하다.) 모든 음식이 장단점이 있다. 콜라를 마시면 기분이 좋아진다. 워런 버핏도 50년 동안

매일 다섯 캔의 콜라를 마셨는데, 그것이 투자를 잘하는 데 도움이 되었다는 분석도 있다.

콜라는 처음에 약으로 개발되었다. 미국 애틀랜타의 한 약사가 1886년 코카의 잎, 콜라나무의 열매, 카페인을 재료로 숙취해소제를 만든 것이 코카콜라의 시초가 되었다. 한편 펩시콜라는 또다른 약사가 소화불량을 치료하는 약으로 만든 것에서 시작되었다. 이 세상 그 무엇도 좋기만 하거나 나쁘기만 한 것이 없다.

콜라를 마시며 아이들과 아내가 남긴 통닭을 마저 먹고 있으니 이혼 재판 중에 A가 했던 말이 환청으로 거듭 들렸다. "집구석에 통닭 한번 사들고 온 적이 없어요." 그때 나는 A에게 그 통닭을 누구를 위해 사오기를 바랐느냐고 물어보았다. A는 순간 당황하면서 "아이들이요"라고 말을 흐렸지만 그 '아이들'에는 A의 마음속 아이도 포함된 것 같았다. A가 어릴 때 A의 아버지가 집에 통닭을 자주 사왔는지 궁금했지만 굳이 묻지는 않았다. 그건 판사의 권한 밖이니까. 아버지가 통닭을 자주 사왔기에 그러지 않은 B가 비교됐을 수도 있다. 아니면 친구 아버지들과는 달리 자기 아버지가 통닭을 사오지 않았기 때문에 B에게 아버지에 대한 원망을 투사했을 수도 있겠다. 그런 생각을 하면서 닭의 목을 싹 먹어치웠다. 혼자서 사랑과 평화의 「한동안 뜸했었지」를 흥얼거리면서. '한동안 뜸했었지(치킨 말고 통닭은), 웬일일까 궁금했었지(요즘 '사라다'는 왜 안 주나)…' 그런데 닭의 목을 다 먹어도 내 노래는 여전히 별로네.

순대,
호불호의 경계에서 만나는 인생

딱히 먹고 싶은 것이 떠오르지 않을 때 가끔 순댓국을 먹는다. 너무 만족스러워서 탄복하지는 않더라도 적어도 후회는 하지 않는다. 설렁탕, 육개장, 해장국, 선짓국이 제각기 특징이 있지만 순댓국은 그 모든 국을 뛰어넘는 특별한 개성이 있다. 특이한 내용물과 텁텁하고 혼탁한 국물 때문에 몽골이나 중동의 음식인 양 이국적으로 느껴진다.

고시 공부할 때 신림동 고시촌에서 처음 순댓국에 맛을 들였다. 그 무렵 웬만한 음식은 질려서 맛이 없었다. 아마 제육덮밥과 오징어덮밥만 천번을 먹었을 것이다. 그 둘만큼은 더이상 먹고 싶지 않아서 다른 음식을 찾다가 시험 삼아 먹어본 것이 순댓국이었다. 그 전에는 순댓국은 나이가 지긋한 분들이 술안주로 먹는 음식인 줄 알았다. 노래로 치면 나훈아, 남진, 설운도, 주현미가 부르는 트로트 같은. 고시 공부하는 이십대 초반의 청년이 먹기에는 적합하지 않은 것 같았다.(뭐 그렇다고 제육덮밥이나 오징어덮밥이 BTS 음악 같다는 뜻은 물론 아니다.)

게다가 내장들이 둥둥 떠 있는 순댓국을 보면 동물의 팔다리가 절단된 채 물에 둥둥 떠 있는 장면처럼 어딘가 비위가 상하는 느낌마저 들었다. 그런데 막상 먹어보니 순댓국이 뜻밖에도 너무 맛있었다. 순댓국을 시키면 순대도 먹고 국밥도 먹을 수 있다는 일석이조도 마음에 들었다. 여러가지 성분이 질서 없이 불균일하게 뒤섞여 혼탁한 그 국물에 묘하게 일관된 어떤 매력이 숨어 있는 것 같았다.

그날부터 사흘 연속 점심, 저녁으로 순댓국을 먹었다. 왜 진작 이런 음식을 몰랐던가 자책하면서. 그동안 순댓국을 무시하며 보냈던 과거를 속죄하듯이. 아니면 빨리 질려버려서 그런 후회와 아쉬움을 떨쳐버리겠다는 기세로.

법원 뒷골목에 있는 순댓국집에 들어갔다. 이 집은 들어갈 때마다 가게 규모가 필요 이상으로 크다는 느낌이 든다. 왠지 손님들이 뚝배기의 뜨거운 열기를 공유하며 복닥거리는 작은 식당이라면 순댓국이 더 먹고 싶어질 것 같다. 순댓국 등장. 검정 뚝배기 속에서 흰 사골육수가 부글부글 거품을 뿜어낸다. 그 한가운데에서 들깨가루가 곧 폭발할 화산의 봉우리처럼 들썩거린다. 국물이 어느 정도 식었다 싶으면 짠맛을 내는 새우젓과 매운맛을 내는 양념장을 국에 넣고 국물 맛을 본다. 짠맛과 매운맛이 얼핏 이웃 같지만 어디까지나 짠맛은 짠맛이고 매운맛은 매운맛이다. 양념장을 아무리 넣어도 새우젓이 안 들어가면 싱겁다. 새우젓을 아무리 넣어도 양념장을 안 넣으면 입안이

후끈후끈해지지 않는다.

젓가락으로 당면순대 하나를 꺼내서 새우젓에 찍어 먹었다. 국물에 빠진 순대 맛이 찐 순대만 못한 것은 감수해야 한다. 당면순대는 순댓국 안에서 불기 때문에 시간이 지날수록 맛이 떨어진다. 불어 터질까봐 순댓국에 넣는 순대는 그냥 먹는 순대보다 더 두껍게 자른다. 두꺼운 만큼 순대를 씹을 때 나는 고소한 맛은 깊다. 염통, 허파, 곱창을 꺼내 간장에 찍어 먹었다. 내장마다 질감과 탄력이 다르다.(나의 심장, 허파, 곱창의 질감도 제각각 다르겠지?)

군검사를 하면서 부검에 참여해본 적이 여러번 있다. 메스를 턱 끝에 집어넣고 배꼽 아래까지 쭉 베고 나면 피부가 더플코트처럼 벌어진다. 이후 부검의는 메스를 들고 내장들을 잘라내서 저울에 무게를 잰다. 위장의 무게가 몇 그램, 쓸개는 몇 그램 하는 식으로. 또다시 위장을 자르고 그 안에 있는 내용물을 점검한다. 검찰시보를 할 때에는 첫 부검에 참여한 날 검사가 순댓국집으로 데리고 가 밥을 먹는 것이 관행이었다. 그 순댓국은 전혀 맛있지 않았다.

순대의 미필적 고의

피고인은 삼십대 초반의 젊은 아빠였다. 기소 요지는 두살짜리 아들을 죽이고 사체를 유기했다는 것이었다. 그의 아내는 직업 없이 빈둥거리는 남편을 보고 실망한 나머지 돈을 벌겠다고 집을 나간 상태였다. 집을 영영 나간 것은 아니고 두주에 한번 아이를 보러 집에 찾아왔다. 남자는 생활비가 없었다. 단칸방에는 난방도 되지 않았다. 휴대전화 요금도 내지 못해 와이파이가 되는 곳에서만 카카오톡으로 연락을 취했다. 아이가 있으니 일용직 노동도 할 수 없었다. 집에 틀어박혀서 종일 휴대폰 게임에만 몰두했다.

아내가 모처럼 집에 들어와보니 아이가 보이지 않았다. 남편은 아이가 혼자 밖에 나갔다가 길을 잃어버렸다고 둘러댔다. 아내는 경찰에 실종신고를 냈다. 경찰은 남편을 불러 이런저런 질문을 해보았다. 남자는 경찰의 질문에 제대로 대답하지 못하고 횡설수설했다. 그 옆에서 지켜보던 아내가 의심이 들어서 캐물었다. 남자가 실토했다. 아이가 죽었다고. 시체는 쓰레기봉투에 넣어 주택가 구석 쓰레기더미 속에 넣어두었다고.

아내가 남편을 살인죄로 고소했다. 경찰의 수사가 본격적으로 개시되었다. 아기를 부검했다. 외상 흔적은 없었다. 대신 음식물에 기도가 막혀 호흡곤란으로 죽은 것으로 보인다는 소견이 나왔다. 아이의 입과 식도에 순대 몇 조각이 남아 있었다. 아이는 전반적으로 영양실조 상태였다. 돈이 없으니 하루에 한끼 정도만 먹을 수 있을 뿐이었다. 그것도 분식류가 전부였다. 아이가 배가 고파서 자지러지게 울자 게임을 하던 피고인이 시끄럽고 화가 나서 누워 있는 아이 입에 순대를 틀어넣어 아이가 죽었고 그 과정에서 살인의 미필적 고의가 있었다는 것이 검찰의 주장이었다. 그러나 피고인은 배고픈 아이에게 음식을 먹이려고 했을 뿐 살인의 고의는 없었다고 했다. 순대를 아이의 입에 넣었다는 하나의 사실을 두고 한쪽은 죽이려고 넣었다고 하고,

한쪽은 살리려고 넣었다고 한다.

재판에서 피고인이 어떤 행동을 했는지 여부를 판단하는 것도 어렵지만 그 행동을 어떤 마음으로 했는지를 판단하는 것은 더더욱 어렵다. 예컨대 누가 지나가다가 테이블에 놓인 커피잔을 툭 쳐서 커피가 쏟아져 앉아 있던 사람의 옷을 버렸다고 하자. 이것을 고의로 했을까, 과실로 했을까. 대개 이런 경우 과실이라고 볼 것이다. 그러나 두 사람이 평소 앙숙으로 지내던 사이고, 커피를 쏟은 자리에 오늘 오후까지 반드시 제출해야 하는 중요한 문서가 놓여 있었는데 커피에 젖어서 계획을 다 망쳐버리게 되었다면 이야기는 달라질 수 있다.

누가 어떤 행위를 고의로 했는지, 과실로 했는지 판단하기란 여간 어려운 일이 아니다. 법학자들은 고의와 과실의 차이를 분석하다가 그 사이의 스펙트럼에 몇가지 개념을 더 삽입해놓았다. '인식 있는 과실'과 '미필적 고의'가 그것이다. 인식 있는 과실은 어떤 행동을 할 경우 그러한 결과가 발생할 수 있다는 인식은 있지만 그러한 결과를 발생시키려는 의지는 없었던 경우다. 반면 미필적 고의는 그러한 의지까지도 있었다는 것이다. 대법원은 "미필적 고의라 함은 결과의 발생이 불확실한 경우 즉 행위자에 있어서 그 결과발생에 대한 확실한 예견은 없으나 그 가능성은 인정하는 것으로, 이러한 미필적 고의가 있었다고 하려면 결과발생의 가능성에 대한 인식이 있음은 물론 나아가 결과발생을 용인하는 내심의 의사가 있음을 요한다"라고 판시하고 있다. 고시공부를 할 때에는 미필적 고의와 인식 있는 과실을 구분하는 문제를 많이 풀었다. 그런데 이것은 이론적인 이야기일 뿐이고 실제로 적용해서 판결할 때에는 애매한 경우가 많다.

예를 들어 내가 살이 쪄서 다이어트를 하겠다고 천명했다. 진심이었다. 출퇴근을 자전거로 한다. 헬스장에도 등록하고 피티도 한다. 술 약속도 웬만하면 잡지 않는다. 그런데 어느날 피할 수 없는 직장 회식 자리에서 마지못해 상사가 주는 술을 마셨다. 집에 들어와서 해장도 할 겸 야밤에 라면을 끓여 먹었다. 판검사가 이렇게 따져 묻는다고 해보자.

"라면을 먹으면 살이 찌는 것은 상식이지요?"

"네."

"특히 밤에 먹으면 살이 더 찌겠지요?"

"네."

"그런 사실을 뻔히 알면서 라면을 먹었지요?"

"네."

"그럼 살을 빼기는커녕 일부러 더 찌려고 했던 것이죠?"

"네??? 그건 아닙니다. 저는 정말 살을 빼고 싶었다고요."

"누가 머리에 권총을 대고 라면을 억지로 떠먹였나요?"

"아니요."

"스스로 끓여서 후루룩 냠냠 맛있게 드셨지요?"

"네."

"먹으면서 참 기분 좋았지요?"

"네."

"밤에 라면 먹으면 살이 찐다는 것도 알고 있었지요?"

"네."

"그럼 당신은 라면을 먹으면 살이 찐다는 결과발생의 가능성에 대한 인식이 있음은 물론 나아가 결과발생을 용인하는 내심의 의사가 있었던 것입니다. 살을 찌우겠다는 미필적 고의가 있었던 것이죠. 당신이 살을 빼겠다고 말한 것은 거짓말이었고요."

사람 마음은 이렇게 모호한 것이다. 그럼에도 법의 세계에서는 그 마음을 두개로 갈라야 한다. 고의냐, 과실이냐 하고 말이다. 그래야 유죄냐, 무죄냐로 가를 수 있으니까. 음식을 두고 맛있는 음식이냐, 맛없는 음식이냐로 가르듯이. 가령 순대는 맛있는 음식일까, 맛없는 음식일까. 순대의 그 복잡 미묘한 맛을 한마디로 갈라서 말하기도 어렵고 그렇게 말하고 싶지도 않은 것처럼, 피고인의 행위를 두고 유죄와 무죄라고 일도양단으로 갈라서 판단하는 일은 쉽지도 않고 마음이 편치도 않다.

안녕, E.T. 안녕, 순대

순대를 처음 먹은 것은 여섯살 때쯤이었다. 어머니를 따라서 재래시장의 어느 채소 가게에 갔을 때였다. 주인아주머니가 이웃 가게에서 사온 순대를 놓고 먹고 있었다. 이쑤시개에 찍힌 검은 순대가 연거푸 동굴같이 컴컴한 그 아주머니의 입안으로 쑥 들어가서 사라지는 장면을, 나는 마치 유성이 지평선에 솟은 산등성이 뒤로 넘어가는 것을 바라보듯이 빤히 쳐다봤다. 저게 대체 뭘까. 순대의 색깔이나 모양이 낯설어서 신기했다. 그런 나를 보고 순대를 먹고 싶어하는 줄 안 주인아주머니가 이쑤시개로 순대를 하나 찍어 내게 건넸다. 겁이 많았던 나는 이쑤시개를 마지못해 받아 들고는 경계하면서 그 아주머니에게 물었다.

"이게 뭔데요?"

그러자 아주머니가 뜻밖이라는 표정으로 깔깔 웃었다.

"순대다. 니는 순대도 안 먹어봤나?"

나는 어머니를 돌아보았다. 어머니도 따라 웃으면서 고개를 끄덕이며 먹어도 된다는 뜻으로 내게 손짓을 했다. 나는 순대를 받아 들고도 한참 동안 이모저모 살펴보았다. 떡국에 들어가는 떡 같은 모양인데 당면이 돌기처럼 오톨도톨하게 돌출되어 있었다. 나는 혀끝을 조심스럽게 갖다 대보았다. 마치 영화 「E.T.」에서 소년이 처음으로 E.T.의 손가락에 자기 손가락을 가져다 댈 때처럼 긴장되고도 설렜다. 별맛이 느껴지지 않았다. 나는 마치 귤을 까듯 손으로 까만 순대 껍질을 까기 시작했다. 그것을 보고 채소 가게 주인아주머니도, 그 집에 와 있던 손님도, 어머니도 와락 웃음을 터뜨렸다.

별맛이 느껴지지 않았다. 맛이 나쁘다는 것이 아니라 맛이 없었다. 입안에 넣고 우물우물 씹어보았다. 탄력이 있었다. 마치 고무지우개를 씹는 느낌이었다. 모종의 재미가 느껴졌다. 왠지 검은 봉봉(트램펄린)에서 뛰고 있는 듯한 느낌도 들었다. 먹을 때에는 별맛을 못 느끼다가 끝에 고소함이 돌았다. 그래서 또 하나를 집게 되었다. 그것을 순대가 없어질 때까지 반복했다.

그 뒤로는 어머니와 시장에 갈 때마다 순대를 먹었다. 소금에 토닥토닥 찍어 먹고 쌈장에도 찍찍 찍어 먹었다. 처음에는 내장이 징그러워서 먹지 못했는데 조금 지나니 없어서 못 먹고 안 줘서 못 먹는 지경이 되었다. 내장 맛에 눈을 뜬 뒤로는 꼬불꼬불 말린 장식이 들어간 어머니이 흰 블라우스나 케이크의 장미꽃 모양 화이트초콜릿을 보면 마음속으로 곱창 블라우스, 곱창 케이크로 인식하곤 했다.

초등학교 2학년 때였을까, 같은 반 친구 집에 놀러 가서 저녁이 다 되도록 놀았다. 단칸방에서 어머니와 단둘이 사는 친구였다. 그때는 어려서 왜 그 친구가 어머니하고만 사는가에 대해서 의문을 가지지 않았지만 친구가 언젠가 스스로 아버지가 배를 타신다는 말을 했던 것 같다. 그러나 이후 졸업할 때까지 아버지를 본 적은 없었다. 지금 돌아보면 실은 부모가 헤어졌던 것 같다.

그 친구 집에 가면 밤이 늦도록 놀다가 친구의 어머니가 일을 마치고 돌아왔을 때에야 집으로 돌아가곤 했다. 그날은 어머니가 귀가한 뒤에도 한참을 더 놀다가 밤이 깊어서야 친구 집을 떠났다. 나는 우리 집으로 가다가 문득 가방을 친구 집에 놓고 온 것이 생각나서 다시 돌아갔다. 그때 그 친구는 어머니와 순대를 꺼내놓고 웃으면서 맛나게 먹고 있었다. 예기치 않게 돌아온 나를 본 친구 어머니는 마치 도둑질하다 들킨 것처럼 화들짝 놀랐다. 내 시선과 마주친 그 당혹스러운 눈빛이 아직도 기억난다. 어머니는 처음에는 당황해서 어쩔 줄 모르다가 이내 순대를 같이 먹으라고 하고는 혼자서 밖으로 나갔다. 아들에게만 주려고 순대를 사왔는데 내가 집에 안 가고 계속 머물러서 못 주고 있었던 것이다.

나는 순대 한점을 집어 먹어보았다. 식어 있었다. 따뜻한 순대가 식은 순대가 되기까지 오랜 시간 동안 내가 눈치 없이 그 집에 남아 있었던 것이었다. 그 시간만큼 어머니는 기다리면서 속이 상했을 것이다. 그 순대는 자기 자식을 죽도록 방치하고 시신을 유기한 피고인이 자식에게 마지막으로 먹였던 순대와는 반대쪽 극단에 위치한 순대다. 나는 더이상 순대를 먹지 않고 친구 집을 나섰다. 모자가 오붓하게 순대 먹는 시간을 내가 훼방 놓은 것 같아서 미안하고 부끄러웠다. 요즘도 내가 눈치 없이 긴 자리라는 생각이 들 때면 눈치 없이 먹은 그날의 순대가 떠오른다. 그 순대가 말을 건다. 집에 안 가, 미스터 눈치?

맛깔스러움의 이면

당면순대는 아주 맛없기도 어렵지만 아주 맛있기도 어렵다. 그렇다고 모든 당면순대가 같은 것은 아니다. 당면순대에는 당면만 들어가는 것이 아니기 때문이다. 당면 외에 찹쌀, 선지, 마늘, 생강, 부추, 콩, 양파, 우거지, 비계도 들어갈 수 있다. 재료가 신선하고 다양할수록 더 맛있는 것은 물론이다.

그런데 우리 딸은 순대가 맛있는 이유가 순대를 둘러싼 껍질에 있다고 한다. 껍질이 고소하고, 질겅질겅 씹히는 것이 재미있다 한다. 내가 그것은 돼지 창자라고 하니, 놀라서 찹쌀떡만 한 작은 손으로 퍼뜩

입을 가리고 "우웩" 한다. 딸이 말하는 순대의 껍질은 순대피다. 순대피를 뭐로 쓰는지에 따라 순대의 틀이 결정된다. 막창을 쓰면 순대피가 두껍고 흰색을 띤다. 막창은 그 자체만으로도 쫄깃하고 고소하지만 상대적으로 질기고 두꺼운 편이라 순대소와 따로 논다는 단점이 있다. 반면 순대피가 얇고 보들보들한 내창이나 소창이면 순대소와 함께 씹혀서 순대피가 있는지 없는지 못 느낄 수도 있다.

순대 부속물로는 곱창, 허파, 염통, 암뽕, 간, 혀 따위가 있다. 내장에서 누린내가 나지 않아야 상등품 순대다. 내장 중에 가장 인기 있는 부위는 고소한 맛의 오소리감투다. 오소리감투는 돼지 위장인데, 쭈글쭈글한 만큼 쫄깃쫄깃하다. 맛있어서 오소리가 자취를 감추듯 금방 사라진다고 해서 오소리감투다.

어느 지방법원의 지원에서 일할 때 지원장님이 순대를 만드는 과정을 보고 나면 못 먹는다고 말한 적이 있다. 그만큼 지저분하다는 뜻이다. 그런 말들을 이전에도 왕왕 들었지만 지원장이 직접 그런 말을 하니 거부감보다도 인정하고 싶지 않은 마음이 들었다. 마치 내가 순댓집 아들이라도 되는 것처럼. 그 무렵 나는 매일 야근하고 집에 가는 길에 포장마차에서 순대와 어묵을 먹으면서 스트레스를 풀던 터였다.

그로부터 얼마 후 식품 사업을 하는 친척 형님을 만난 자리에서 순대 만드는 과정을 직접 보고 싶다고 말했다. 친척 형님은 별 희한한 녀석이 다 있다는 듯 껄껄 웃더니 지인의 공장에서 순대 만드는 과정을 볼 수 있게 해주었다. 순대피 안에 들어가는 순대소를 만드는 과정에 생각보다 손이 많이 갔다. 당면, 찹쌀, 부추, 마늘, 생강 등 재료를 제각기 잘게 자르거나 갈아서 익히고 뒤섞어야 했다. 그때까지만 해도 청결도 면에서 보통의 요리를 만드는 것과 그리 다를 바 없어 보였다.

그런데 그것을 다 모아서 고무 대야에 쌓아놓으니 순대소 반죽이 거대한 음식물 찌꺼기처럼 보였다. 쭈글쭈글한 소창이나 대창 순대피는 쓰고 난 콘돔을 연상시켰다. 그 콘돔 같은 것에 깔때기를 꽂고 음식물 찌꺼기 같은 순대소 반죽을 꾸역꾸역 밀어넣는 것이 순대 제조과정의 핵심이었다. 요즘은 기계가 보편화됐다고 하지만 그전까지는 순대피에 순대소를 넣는 작업이 쉽지 않았다고 한다. 순대피 입구에 깔때기를 끼우고 순대소를 조금씩 밀어넣고는 그것을 순대피 가장 끝부터 일일이 채워야 한다. 그것을 곧바로 찜통에 옮겨 담는 것이 아니라 물이 담긴 솥에 넣고 장시간 삶아야 한다. 그 과정을 보니 정말 순대에 대한 애정이 뚝 떨어지지 않을 수 없었다. (순대 만드는 것 안 본 눈 삽니다.) 괜히 보았다는 생각도 들고, 지금이라도 안 것이 다행이라는 생각도 들고. 서양에도 소시지 만드는 과정과 법法 만드는 과정은 안 보는 것이 낫다는 말이 있다. 순대도 소시지와 다를 바 없다. 삶으면 순대가 되는 것이고 훈연하면 소시지가 된다. 순대 만드는 모습은 과연 우리 정치를 보고 있을 때 드는 거부감과 자웅을 다투었다. 그날로 밤마다 가던 포장마차에서 순대 대신 어묵만 두배로 먹게 되었다.(어묵 만드는 과정을 봤다면 순대를 두배 먹었겠지만.) 그러다 한두달 지나자 그때의 거부감이 점차 희석되면서 모종의 합리화 과정이 진행되더니 결국 순대를 다시 주문하게 되었다. 사람들이 정치에 대해서 더이상 복구할 수 없을 정도로 깊은 환멸을 느끼다가도

시간이 지나면 희석되고 심지어 희망을 꿈꾸게 되는 것처럼.

누구에게나 순대가 있다

순대에 관한 글을 쓰고 있으니 문장들이 순대처럼 느껴진다. 문장 곳곳에 나의 생각과 감정과 경험과 세계관이 뒤섞여 있다. 소설이나 에세이를 쓴다는 것도 방에 틀어박혀서 문장 안에 들어갈 순대소를 빚고 반죽해서 그것을 문장 안에 집어넣고 주물럭거리는 것이다. 좋은 생각과 감정과 사상을 재료로 섞어야 좋은 문장이 나온다. 그런 재료를 얻고자 삶을 경험하는 과정이 마냥 아름답지만은 않다는 점도 순대 만들기와 닮았다.

순대는 창자다. 누구에게나 순대가 있다. 자신의 순대 뭉치에서 힘이 솟는다. 그래서 단전도 창자쯤에 있다. 영어로도 창자gut가 용기와 끈기를 의미한다. 청년 시절에는 내가 배짱이 큰 줄 알았다. 의지할 데도 없고 가진 것도 없이 낯선 서울에 올라와 살면서 누구 앞에서도 주눅 들지 않았다. 하룻강아지처럼 아무것도 몰라서 겁이 없었던 것을 내 창자가 큰 줄로 알았다.

그러나 돌아보면 나는 나 자신을 있는 그대로 마주할 만큼 배짱이 두둑하지 못했다. 그래서 정작 내면에서는 작은 바람만 불어도 번번이 유도선수에게 낚아채인 것처럼 휙 중심을 잃고 쓰러지곤 했다. 그렇게 허약하고 허전해 창자에 순대를 그토록 많이 집어넣었는지도 모르겠다. 지금은 그렇게 약하지는 않다. 간간이 그런 느낌이 들 때도 있지만 중심이 흔들릴 정도로 외롭거나 공허하지도 않다. 길가 포장마차에 틀어놓은 라디오에서 장기하의 노랫소리가 순대 냄새와 함께 흘러온다. "이번 건 네가 절대로 믿고 싶지가 않을 거다. 그것만은 사실이 아니기를 바랄 거다. 하지만, 나는 별일 없이 산다. 나는 사는 게 재밌다. 매일매일 하루하루 아주 그냥…"

3장

식사는 결국
사람의 일이다

두부,
순한 맛을 바라는 모든 이들에게

감옥에서 나온 수형자들은 두부를 먹는다. 다른 나라에는 없는 관습이라고 한다. 왜 우리나라 수형자들은 출소 직후 통닭도, 순대도, 곰탕도 아니고 두부를 가장 먼저 먹을까. 혹자는 일제강점기 때 독립운동가들이 감옥에서 제대로 먹지 못해서 영양상태가 극도로 좋지 않고 소화능력도 손상되어 있기 때문에 응급처치로 두부를 먹였다고 한다. 징역살이를 속된 말로 "콩밥을 먹는다"라고 하는 것과 관련이 있다는 이야기도 들었다. 두부는 콩으로부터 풀려난 상태이며 다시는 콩으로 돌아갈 수 없는 음식이다. 따라서 출소 후 두부를 먹는 것은 다시는 옥살이를 하지 않는다는 의미라고 한다. 희고 깨끗한 두부가 과거를 지운다는 의미라는 말도 있다. 하얀 두부 앞에 겸손하게 고개를 숙이고 두부 조각을 삼키면 누구라도 몸과 마음에 쌓인 과거의 잘못과 상처가 지워질 것만 같다.

두부의 유래

1960년경 중국의 허난성 밀현이라는 곳에서 동한 말기의 묘비가 발견되었는데 여기에 두부를 만드는 과정이 조각되어 있다. 늦어도 한나라 시대에 이미 두부가 유행했던 것이다. 두부를 처음 만든 사람은 한고조 유방의 손자인 유안劉安이라 한다. 유안은 도교사상의 대가로 오랫동안 산에서 도를 닦았다. 그가 어느날 8인의 신선을 만난 기회에 불로장생의 비법을 묻자 신선들이 두부 만드는 법을 알려주었다고 한다. 또다른 이야기에 따르면 유안이 영양보충을 위해 소금으로 간을 한 콩국물을 마시곤 했는데 어느날 콩국물을 다 먹지 못하고 놓아두었더니 나중에 굳어서 두부가 되었다고 한다.

두부는 단백질 덩어리라서 '뼈 없는 고기'라고도 한다. 그래서 고기를 먹지 못하는 승려들이 이를 발전시켜, 예로부터 이름난 두부들이 절에서 비롯되었다. 두부가 우리나라에 들어온 것부터 불교의 전파와 관련이 있다고 한다. 우리나라 고문헌에도 두부에 관한 기록이 있다. 원나라에서도 장원급제를 한 천재이자 정몽주와 정도전의 스승이었던 고려 말기의 대학자 이색이 쓴 『목은집』에는 "두부가 새로운 맛을 돋우어주어 늙은 몸 양생하기에 좋다"라고 적혀 있다. 이순신의 『난중일기』에도 두부 이야기가 나온다. 비가 오던 날 아침에 합천의 한 관리가 이순신 장군에게 두붓국을 끓여서 바쳤는데 그의 행동이 점잖지 못해서 이순신 장군이 속으로 화를 삼켰다는 기록이 있다.

순하디순하고 착하디착한

나는 두부가 좋다. 아무리 먹어도 질리지 않는 음식이 몇 있는데 계란프라이나 두부가 그것이다. 따지자면 두부가 아주 맛이 있다고는 할 수 없다. 아주 조금 고소하고, 달짝지근할 때도 있기는 한데 그것 역시 아주 조금일 뿐이다. 물컹물컹하고 부드럽고 쉽게 허물어지는 질감도 꼭 즐기고 싶다는 생각이 들 만큼 좋은 건 아니다.

그래도 나는 두부가 좋다. 좀더 정확히 내 마음을 살펴보자면 두부를 좋아하는 사람이 되고 싶다. 그건 마치 나에게 아무런 이익을 가져다주지 않지만, 톡 쏘는 매력이나 개성은 없지만, 그저 순하디순하고 착하디착한 사람을 그 자체로 좋아할 줄 아는 사람이 되고 싶은 마음과 같다. 자기는 그런 사람이 못되지만 그런 사람을 좋아할 줄 아는 사람이라도 되고 싶은 마음이랄까. 두부는 속세의 탐욕으로부터도 청정하다. 재판을 하면서 갖가지 탐욕을 보았지만 두부를 더 가지려고 다투는 경우는 한번도 보지 못했다. 두부 강도, 두부 횡령도 못 봤다.

두부는 성격이 느긋해야 잘 만들 수 있다고 한다. 두부 만드는 과정이 인내를 요구하기 때문이다. 콩을 물에 거듭 씻고, 그 콩을 물에 넣어서 밤새 묵히고, 퉁퉁 불은 콩을 맷돌 구멍에 한 수저씩 넣어서 반나절 이상 갈고, 그것을 가마솥에 부어서 오랜 시간 저어주면서 삶고, 그것을 다시 자루에 넣어 주리를 틀듯 쥐고서 꾹꾹 짜내고, 온도에 맞추어 간수를 쳐야 한다. 내가 두부를 좋아하려고 애쓰는 것은 그 인내의 시간의 가치를 더 깊이 아는 사람이 되고 싶기 때문이기도 하다.

생태탕이나 찌개에 들어간 두부를 먹는 것도 좋지만 두부만 따로 먹는 것을 더 좋아한다. 어릴 때 어머니는 직사각형으로 납작하게 자른 두부를 기름을 두른 프라이팬에 구워서 간장을 곁들여 주시곤 했다. 겉은 튀김처럼 바삭거리고 고소하지만 속은 연하고 부드러웠다. 그때는 수시지나 햄을 부쳐주지 않고 두부를 부쳐주는 것이 못마땅했지만 요즘은 집에 있을 때 출출하면 혼자서 찌개용 두부를 꺼내서 프라이팬에 한쪽 면만 데워 먹곤 한다. 어릴 적 시장에서 사 먹던, 넓적한 틀에 담긴 채 모락모락 김이 나는 두부 한모가 지금도 그립다.

그러다 얼마 전 제주에 있는 두부전문점에 다녀왔다. 두부로 만들 수 있는 모든 요리가 있었다. 가장 기본이 되는 두부는 동그란 그릇에 담긴 일본식 순두부 '오보로도후'おぼろ豆腐다. 두유에 간수를 넣고 굳혀서 물을 빼지 않고 만든 두부다. 이 가게에서 만드는 모든 두부의 간수는 일본에서 가져온 바다 심층수라고 한다. 담백하면서도 생크림보다 보드랍고 달다. 내가 가장 마음에 들어하는 것은 사각형으로 각이 진 모두부다. 작은 파로 섬세하게 눈, 코, 입을 붙여서 나오는 것이 눈사람 같다. 함께 나오는 전라도에서 공수한 김치와 된장이 절묘하게 어울린다. 제주산 암퇘지의 삼겹 부위를 간장 소스로 삶은 수육도 두부와 이렇게 잘 어울릴 줄 몰랐다.

신의 한모

이 가게 주인은 '천하의 문타로'라는 유명한 이자카야(일본식 선술

집)를 함께 운영하던 이계훈, 문근찬 사장이다. 이계훈은 홍대에 있던 '천하'라는 이자카야의 사장이고, 문근찬은 '문타로'라는 이자카야 의 사장인데 두 사람이 의기투합한 것이다. 어느날 이자카야에 일본 인 손님이 찾아와서 일본 센다이에 있는 '모리도쿠 오보로도후'라는 200년 전통의 유명한 두부집 이야기를 했다. 이야기를 들은 사장들은 두부를 손수 만들어보고 싶어졌다. 이자카야의 단골손님이자 돈부리 가게를 운영하고 있던 김태윤 사장도 참여했다. 세 사장은 일본 센다 이의 와쿠와현에 있는 두부 공장으로 유학을 떠났다. 종일 두부를 만 드는 일은 생각했던 것보다 힘들고 고단했다. 이들은 서로를 의지하 고 격려하면서 힘든 하루하루를 보냈다. 그러자 처음에는 반신반의 하던 두부 공장 사람들이 점차 마음을 열고 인정해주기 시작했다. 심 지어 와쿠와현의 지역 신문들이 이들의 두부 배우기 도전을 기사로 소개하기도 했고, 와쿠와현의 현장縣長이 직접 두부 공장을 방문해서 격려하고 연회를 열어주기도 했다.

일본에서 돌아온 이들은 제주도에서 두부 가게를 열기로 했다. 두 부 맛을 결정하는 것은 물과 콩이다. 콩을 무수히 씻고 삶아야 하기 때문에 많은 양의 물이 필요하다. 콩은 배달이 쉽지만 물은 그렇지 않 아 물이 좋은 지역에서 두부를 만드는 것이 유리하다. 이들은 물이 좋 은 제주도에서 두부를 만들기로 했다. 이들은 두부 한모를 만드는 데 에 바둑 대국에서 프로기사가 오랜 고민 끝에 두는 한 수처럼 정성이 들어간다고 했다. 두부를 한모 한모 열심히 만들다보면 언젠가는 자 신들의 한계를 뛰어넘어 신의 솜씨로 만든 것 같은 두부를 만들 수 있을 거라고 꿈꿨다. 제주 하귀마을 바닷가에 '신의 한모'가 탄생하게 된 내력이다. (내가 이 이야기를 이렇게 상세하게 아는 것은 사실 문근찬이 내 고교 동창이기 때문이다.)

두부에 대한 글을 쓰고 있으니 제주에서 먹은 두부가 다시 그립다. 겉껍질과 속살이 하나같이 순하게 몽글몽글한 두부가 그립다. 화창한 어느 봄날에는 따뜻한 햇살을 온 얼굴로 받으며 작은 도자기 그릇에 담긴 두부를 흰 자기로 만든 뭉툭한 숟가락으로 달그락달그락 소리를 내면서 떠먹고 싶다. 볕이 잘 드는 마당에 드러누운 채 나른하게 하품하는 고양이를 구경하면서. 두부를 입속에 넣고 고개를 들고 눈을 감고 입을 천천히 오물거리며 두부의 온도와 감촉을 느끼고 싶다. 두부 같은 글을 쓰고 싶다. 될 수만 있다면 두부 같은 사람이 되고 싶다.

청포도 빙수와 셰프,
그리고 판사

호텔 카페 유리벽 밖에는 불볕더위가 작열한다. 나는 그랜드피아노 바로 옆 테이블에 앉아서 청포도 빙수를 먹고 있다. 동그란 토기 그릇 위로 연녹색 빙수가 수북하게 쌓여 있다. 그 표면에는 절반으로 잘린 청포도 알맹이가 돌계단처럼 빼곡하게 박혀 있다. 옥으로 치장한 신라 왕의 왕관 같기도 하다. 쳐다보기만 해도 시원해진다. 반짝거리는 은색 스푼으로 한입씩 떠먹을 때마다 그 왕관을 머리에 쓴 것처럼 머리통 전체가 얼얼해진다. 달콤한데 지나치게 달지 않다. 보통은 빙수나 아이스크림을 먹을수록 갈증이 더 생기는데 이 빙수는 한입씩 떠먹을 때마다 갈증 덩어리가 한입씩 줄어든다. 종업원은 이번 여름 수박 빙수가 폭발적인 인기를 누렸다고 했지만 나는 청포도 빙수를 주문했다. 연녹색이 좋다. 아무리 쳐다봐도 질리지 않는다. 과하지 않고 편안하면서도 왕실 같은 품격이 스미어 있다. 독립운동가 이육

사 선생의 시 「청포도」가 떠오른다.

　　이 마을 전설이 주저리주저리 열리고
　　먼 데 하늘이 꿈꾸며 알알이 들어와 박혀

　청포도 알맹이에 한 마을의 전설과 먼 하늘의 꿈이 담겨 있을 수 있다고 생각하니 알맹이를 씹고 삼키는 것이 조심스러워진다. 빙수를 앞에 놓고 뜬금없이 왕관과 왕실과 독립운동가의 시가지 언급한 것은 이 호텔의 깊은 유서 때문이다. 원래 이곳에는 환구단圜丘壇이 있었다. 환구단은 천자가 하늘에 제사를 올리는 제단을 말한다. 1897년 고종이 국호를 대한제국으로 바꾸고 황제로 즉위할 때 이곳에서 하늘에 제를 올렸다. 일제는 1913년 환구단을 헐고 이듬해 그 자리에 4층짜리 호텔을 지었다. 그것이 '조선호텔'이다. 국내 최초의 엘리베이터, 최초의 아이스크림, 최초의 서양식 결혼, 최초의 댄스파티가 여기서 탄생했다. 그러니까 이 호텔은 100년이 넘은 곳이다.
　잠시 후 '토크'라고 불리는 희고 높은 모자를 쓰고 흰 조리복에 앞치마를 두른 남자가 나타났다. 고급 호텔처럼 세련되고 부드러운 인상과 미소의 소유자였다. 이 호텔 총괄 조리팀장 유재덕 셰프, 일명 셰프 JD다.
　"빙수 만드는 데만 3일 걸립니다. 싱싱한 청포도를 골라서 당도를 조절하며 얼리는 작업을 반복해야 하거든요." 청포도 빙수가 너무 맛있다고 말하자 그가 내놓은 자부심 담긴 설명이다. 국내에서 가장 유서 깊은 특급 호텔의 총괄 셰프라는 지위와 27년 경력이라는 무게가 결코 만만치 않은데도 토크 아래 드러난 얼굴은 삼십대라고 해도 믿을 만큼 동안이다. 그는 "호텔에서 일하는 사람은 덜 늙습니다. 늘 웃어야 하니까요"라고 웃으며 답한다. (그렇다면 판사는 빨리 늙을 수밖에 없다. 법정에서 웃으면 안되니까. "피고인을 징역 5년에 처하겠습니다" 하면서 웃을 수는 없지 않나.)

셰프와 판사 사이

그를 만나기 전까지 셰프라면 아주 딴 세상에 사는 사람인 줄 알았다. 희고 높은 모자를 쓰고 흰 조리복을 입은 채 번들번들한 주방기기 사이에서 칼과 불을 사용하는 모습을 보면 신화 속 올림포스산에 사는 신이 연상되곤 했다. 번쩍번쩍 쾅쾅, 천둥 번개가 치는 듯한 그 산속 어느 구석에서 정교하고 아름다운 음식이 나온다. 그로 인해 사람이 웃고, 떠들고, 마음을 주고받고, 감동한다. 마치 음식이란 신의 지시를 전달하는 메신저인 것처럼. 반면 판사는 본디 뭔가를 만들어내는 사람이 아니다. 판결문을 만들어내지만 없던 것을 새롭게 만든다기보다는 양쪽 당사자 중 한명의 손을 들어주는 것에 불과하다. 오히려 판사는 분쟁을 정리해서 소멸시키는 사람이라고 할 수 있다.

셰프와 판사 사이에는 얼핏 봐도 차이점이 넘쳐난다. 셰프는 도구로 칼과 불을 사용하지만 판사는 말과 글을 사용한다. 셰프가 내놓는 것은 사람을 살리지만 판사가 내놓는 것은 사람에게 타격을 준다. 셰프는 맛과 건강을, 판사는 정의를 추구한다. 셰프는 흰 옷을 입고 판사는 검은 옷을 입는다.

하지만 셰프와 대화를 나눠보니 의외로 판사와 닮은 점도 적지 않다. 셰프도 직장에서는 별다른 약속이 없으면 1식 3찬 구내식당 밥을 먹는다. 심지어 급할 때는 종종 라면도 끓여 먹는다.(다만 라면 봉지의 레시피를 그대로 따르지는 않는다고 한다. 파, 마늘 같은 재료도 더 넣고.) 집에서는 본업을 내려놓는다. 셰프 JD도 집 주방이나 냉장고에 함부로 손대면 큰일 난다고 한다. 판사가 법정이라는 공간에서 일하는 것과 같이 셰프도 주방이라는 제한된 공간에서 일한다. 법정 분위기가 엄정한 것과 같이 주방도 칼을 다루는 곳인 만큼 위계질서가 엄격하다. 판사는 법이라는 레시피를 따르고 셰프는 레시피라는 법에 따른다.

셰프도, 판사도 시작은 마음대로 하지 못한다. 셰프는 손님 주문에 따라 요리하고 판사는 검사나 원고의 청구에 따라 재판한다. 둘 다 긴 과정(요리와 재판)을 거쳐 결과물(음식이나 판결문)을 내놓는다. 판사가 여러가지 증거자료 중에서 필요한 것만 추려서 판결문이라는 최종 결과를 내어놓는 것처럼 셰프도 각종 재료 중에서 필요한 것만 골라서 접시 위에 최종 작품을 내어놓는다. 그리고 자기가 내놓은 결과물에 대해 받는 사람들이 만족하는지 촉각을 곤두세운다. 셰프는 손님이 접시를 비웠는지 여부가, 판사는 당사자가 항소했는지가 관심사다.

셰프 JD는 "저는 아직도 요리를 잘 모르겠어요. 알면 알수록 모르겠어요"라고 했다. "아니, 경력이 30년이 다 돼가는 특급호텔 셰프도 그렇단 말인가요?" 하고 물으니 그가 대답한다. "같은 음식이라도 맛이나 모양의 '경우의 수'가 무궁무진해요. 계절마다 새로운 음식도 개발해야 합니다. 얼마 전까지 여름 빙수를 개발하느라 바빴고, 조금 있으면 또 가을에 맞는 음식을 만들어야 해요. 계속 변해야 합니다. 움직이는 과녁을 맞히는 느낌입니다. 그래서 너무 어렵지만 또 그래서 재미있어요."

그는 처음 요리를 시작할 때 딱 3년만 할 생각이었다. 3년이면 치킨 요리 소스 정도는 다 알 것 같았고 그러면 멋진 레스토랑을 창업할 수 있을 것 같았다고 한다. 그러나 요리를 배우면 배울수록 모르는 게 더 많아졌다. 경력이 10년 정도 되니 주변 사람들이 실력을 인정하기는 했지만 정작 본인은 요리가 무엇인지 알 수 없는 상태가 극심해졌다. 지금도 요리가 뭔지 확실하게 안다고 할 수 없지만 이제는 일을 즐기고 있다고 한다.

나도 처음 판사가 됐을 때는 한 5년만 하면 웬만한 소송은 어느 정도 수준 이상으로 해낼 수 있을 것 같았다. 그런데 막상 판사 5년차가 되니 판사 경력 10년은 돼야 그 수준이 될 것 같았다. 법조 경력이 15년 이상 되자 자신감이 더 떨어졌다. 오래전에 한 재판 내용이 기억나지 않고, 새로운 판례와 이론은 날마다 속출하고, 법 분야는 갈수록 세밀하게 분화되고 전문화되었다. 사람들은 으레 판사라면, 그것도 경력이 20년 정도 되는 부장판사라면 어떤 법적 문제를 물어도 그 자리에서 척척 답변할 수 있을 거라고 생각할 수 있다. 실상은 그렇지 않다. 갈수록 답변이 조심스러워진다. 아마 다른 프로페셔널도 마찬가지일 것이다. 자신 있다고 나서는 사람은 대개 가짜더라.

레시피가 아닌 맛을 기억하라

셰프 JD의 말 중에서 가장 인상적이었던 것은 맛의 일관성을 유지하고자 많은 애를 쓴다는 대목이었다. 계절이 바뀌면 식재료가 바뀌고 식재료가 바뀌면 음식 맛이 바뀐다. 같은 레시피를 따르더라도 맛이 같을 수 없다. 그래서 셰프 JD는 후배들에게 말한다고 한다.

"레시피를 기억하지 말고 맛을 기억하라."

내가 논리적 순서가 있는 레시피를 기억하는 것보다 형체 없는 맛을 기억하는 게 더 어렵다고 말하자 셰프가 눈을 동그랗게 뜨고 반문한다. "맛을 기억하는 게 더 쉽지 않나요? 맛은 마음에, 때로는 무의식 깊은 곳까지 박히잖아요. 그래서 맛의 기억이 궁극의 레시피입니다." 역시 셰프는 셰프다. 절대음감이 있는 음악가는 음을 기억하기 어렵다는 음치의 말을 이해할 수 없을 것이다.

"맛은 균형입니다. 아슬아슬한 맛의 선이 있어요. 그 선을 넘지 않고 멈추는 것이 중요합니다."

"요리사는 윤리적인 직업입니다. 사람 입에 들어가는 것을 다루기 때문입니다. 먹는 것으로 장난치면 안됩니다. 저는 다른 식당서 밥을 먹을 때에도 맛없는 것은 이해하지만 위생 상태가 좋지 않은 집은 가지 않습니다. 저희 주방에서는 수술용 장갑까지 사용합니다."

그의 말을 듣다보면 셰프의 일과 판사의 일이 본질적인 부분에서 닮았다는 생각이 든다. 그는 맛에서 가장 중요한 것은 균형이라고 했는데 판사가 추구하는 정의의 핵심도 균형이다. 정의의 여신상도 저울을 들고 있다.

오늘날 '정의'의 가장 일반적인 정의도 "같은 것은 같게, 다른 것은 다르게" 취급하는 것이다. 여기서 다른 것을 '얼마나' 다르게 할지도 어렵지만, 개인적으로는 무엇을 서로 '같은 것'으로 볼지가 더 어렵다. 사실상 같은 사건은 거의 없다. 전치 2주의 상해를 야기한 상해죄만 해도 사건마다 그 폭행의 동기, 수법, 죄질이 너무나 다르다. 주먹을 한번 휘둘러도 그 정도의 상해가 나오지만 뺨을 수십번 때려도 같은 정도의 상해가 나온다. 같이 주먹을 한번 휘둘러도 힘이 센 사람이 약한 사람을 상대로 휘두른 경우가 있고 약한 사람이 괴롭힘을 견디다 못해서 한번 휘둘렀을 수도 있다.

판사들의 가치관도 균일하지 않다. 어떤 판사는 폭행을 당한 육체적·정신적 상처는 시간이 지나면 아물지만 없어진 재물은 자동으로 채워지지 않는다고 하면서 폭력보다 재산죄를 무겁게 처벌해야 한다고 보지만 나는 정반대 입장이다. 그러니 어떤 판사를 만나느냐에 따라 결과가 달라지는 일이 비일비재하다. 또 같은 판사라도 나이가 들면서 변한다. 내 경우도 다른 판사들의 경우처럼 나이가 들수록 유죄 판결에 선고하는 형량이 약해졌다. 불의가 가득한 세상에서 나만은 순결을 지키며 살아갈 수 있을 줄 착각했다. 그러나 나이가 들수록 세상과 삶이 그렇게 단순하게 옳고 그름을 가를 수 있는 것이 아니라는 사실을 알게 되고, 나 역시 잘못 처신하는 일이나 남에게 상처를 주는 일이 많아지다보니 다른 사람에게 요구하는 기준도 낮추게 된 것이다.

셰프의 시간

몇몇 공통점에도 불구하고 판사가 도저히 따라갈 수 없는 셰프 직업의 장점이 있었다. 셰프 JD에 따르면 레스토랑 분위기는 마치 공연장처럼 날마다 다르다고 한다. 분위기가 좋은 날은 모든 손님이 음식을 앞에 두고 웃고 떠들며 행복에 겨워 어쩔 줄 몰라 한다. 바글바글, 와글와글한 풍경을 보면 셰프는 피로가 다 사라지고 더할 나위 없이 큰 보람을 느낀단다.

그러나 법정은 낙심하고, 분노하고, 억울해하고, 두려워하고, 우는 사람들로 가득하다. 식사를 한 손님은 요리사에게 "잘 먹겠습니다. 잘 먹었습니다" 할 수 있지만 판사는 당사자들에게 "판결 잘 받았습니다" 하는 말을 듣지 못한다. 당사자 중 한쪽이 판결에 지나치게 만족하면 오히려 잘못 판결했다는 생각이 든다. 상대방은 기분이 몹시 나쁠 테니까.

오후 5시가 넘어가자 셰프가 레스토랑 오픈을 준비해야 한다며 자리를 떠났다. 100년 역사를 호텔과 함께해온 레스토랑 '나인스 게이트'가 곧 문을 열 시간이었다. 100년 호텔에서 30년 한길을 걸어온 그의 시간이 막 열리고 있었다.

잔칫상은
어디에 더 어울리는가

지인의 결혼식에 가는 길. 버스 창밖으로 보이는 깨끗한 도심 거리가 아름다워서 부러 한 정거장 전에 내려서 걸었다. 머리칼 사이를 지나다니는 가을바람이 시원하고 상쾌했다. 예식장은 너무 크지도 작지도 않은 깔끔한 5층 건물이었다. 1층에서 신랑 신부와 그 가족이 하객의 인사를 받고, 4층에서 결혼식을 하고, 2~3층에서 피로연을 하고, 5층에는 신랑·신부 대기실이 있는 효율적인 구조였다.

1층 로비에 서 있는 신랑에게 다가갔다. 평소 성기고 푸석하던 머리칼이 대형 세단의 보닛처럼 번쩍거렸다. 신랑은 나이가 사십대 후반이었다. 아무리 요즘 세상에 결혼 연령이 의미 없다고 해도 나이가 많은 편이었다. 그것이 마음에 쓰였는지 그는 내게 청첩장을 주면서 묻지도 않은 것을 수줍게 말했다. 박사를 따고 취직 준비를 하는 동안 자기도 모르게 나이가 들어버렸다고. 그때 처음으로 (그리고 마지막으로) 그가 소년 같다는 생각이 들었다. 나는 그에게 요즘 세상에 전혀 늦은 나이가 아니라고 수줍게 (예의상) 말해주었다.

결혼은 정말 축하할 일인가

예식장에서 나는 신랑과 그의 부모에게 "결혼을 진심으로 축하드립니다"라고 말했다. 그러나 솔직히 진심으로 터져나오는 말은 아니었다. 미국 드라마를 보면 누군가가 결혼을 발표하거나 심지어 프러포즈를 받았다는 말만 해도 주변 친구들이 반사적으로 '네가 스파이더맨이었다니!' 하듯 깜짝 놀라면서 비명에 가까운 소리를 내지르며 요란하게 축하한다. 그것을 볼 때마다 진심인가 싶다.

만약 누군가가 아마추어 테니스 대회에 나가서 입상을 했다거나, 승진을 했다거나, 시험에 합격했다거나, 아파트 분양에 당첨돼 시세보다 싼 가격에 집 장만을 하게 됐다면 조금도 주저 않고 축하할 수 있다. 그러나 결혼이 그토록 축하할 일인지는 모르겠다. 결혼은 미래의 사랑에 대한 약속이고 미래는 불확실하다. 게다가 부부 사랑은 감정이 아니라 의지다. 사랑이란 것이 원래 의지다. 잘해주기 싫은데 참고 억지로 잘해주는 것이 사랑이다. 속에 천불이 나는데 억지로 참아주는 것이 사랑이다. 그냥 잘해주고 싶어서 잘해주는 것은 욕정이다. 사랑이 의지이므로 결혼하며 영원히 사랑하겠다고 서약하는 것은 말하자면 평생 매일 팔굽혀펴기 오십번씩을 하겠다고 약속하는 것과 같다. 수월하게 해내는 날도 있겠지만 하기 싫어서 쉬고 싶은 날도 널려 있을 수밖에 없다. 그렇게 쉬는 날이 거듭되면 관계가 깨지고 심하면 이혼할 수도 있다. 평생 매일 팔굽혀펴기 오십번씩 하겠다는 사람에게 축하한다는 말이 수월하게 나오겠나. 게다가 가정법원에서 수천명을 이혼시키는 데 가담한 판사라면.

우리나라에서는 결혼을 해서 이혼할 확률이 3분의 1을 넘긴 지가 오래전이다. 요즘은 40퍼센트에 육박한다는 말도 있다. 이혼하지 않았다고 해서 만족스러운 결혼생활을 영위하는 것도 아니다. 이혼하지 않았지만 불행한 결혼의 비율을 20퍼센트라고 치자. 양자를 합치면 60퍼센트이다. 어느 놀이공원에 가서 롤러코스터를 탔는데 정점에 멈춰서 한시간씩 매달려 있어야 할 확률이 60퍼센트라면 당신의 친구가 그 롤러코스터를 타겠다고 할 때 환호성을 지르면서 반길 수 있겠는가. 서양 사람들에게 너희들은 왜 그렇게 요란하게 축하하느냐, 진심이냐고 물어보았다. 그랬더니 그들은 이혼이 큰 실패라고 생각하지 않기 때문에 결혼을 한다면 크게 축하해줄 수 있다고 한다. 나중에 이혼을 하더라도 그전까지는 행복하게 사는 것이기도 하고. 하긴 우리도 어차피 다들 죽지만 출산이나 생일은 축하하지 않는가.

우리나라도 분위기가 많이 바뀌기는 했지만 여전히 이혼은 달갑지 않은 일이다. 그러니 결혼을 결심하는 사람들은 무척 불안할 것이다. 그래서 결혼하기 전에 궁합도 많이 본다. 언젠가 궁합을 봐주는 점쟁이를 피고인으로 재판한 적이 있다. 그는 궁합이 좋지 않은 사람에게는 특별 처방을 내렸다. 그 사건에서는 예비 신부에게 천天, 지地, 인人 3주체의 조화가 중요하다며 남자 삼각팬티 3장을 구해 그 안에

33,333,333원을 현찰로 넣고 자신이 말하는 언덕의 나무 밑에 파묻으라고 했다. 신부는 시키는 대로 했는데, 그 사실을 뒤늦게 알게 된 신랑이 의심이 들어 그곳에 가서 땅을 파보니 삼각팬티만 뒹굴고 있었단다.

지인의 결혼식은 무난했다. 내 아내의 친구 중 가장 내성적이고 얌전한 친구가 결혼할 때처럼 신부가 천장에서 구름마차를 타고 출현해서 미스코리아처럼 흰 장갑을 낀 손을 흔들며 예식장을 천천히 한바퀴 돈 것도 아니었고(보는 우리 입장에서도 얼마나 무안하고 시간이 느리게 가던지), 내 친구의 결혼식처럼 신부 없이(만삭이라 양수가 언제 터질지 몰라서 불참) 신랑 혼자만 등장해서 교장선생님한테서 상장을 받는 학생처럼 주례와 일대일로 마주 선 것도 아니었고, 내 후배의 결혼식처럼 신부는 웨딩드레스를 입은 채 전자기타를 연주하고 신랑은 턱과 목소리를 벌벌벌벌 떨면서 바이브레이션이 듬뿍 담긴 노래를 불러서 하객들을 조마조마하게 만들지도 않았다.

나와 아내는 십여년 전 어느 겨울, 서울역 근처에 있는 약현성당에서 결혼했다. 결혼식장 예약은 우리가 처음 만나고 다섯번을 채 만나지 않았을 때 했던 것 같다. 아내는 서울에 있었고 나는 지방에 있는 어느 법원에 일하고 있었는데 일이 많아서 주말에도 서울에 가서 데이트를 할 시간이 별로 없었다. 아내는 한살이라도 더 먹기 전에 결혼하고 싶다고, 결혼을 하든 안 하든 일단 식장은 예약해두자고 했다. 자신이 가톨릭 신자인데 인기 있는 성당은 지금 예약해도 반년 이상 지난 뒤에야 결혼할 수 있다, 일단 예약해두고 결혼하기 싫어지면 안

하면 된다는, 보이스피싱처럼 뭔가 이상하고 찜찜했지만 큰 흠결을 찾기도 어려운 논리를 폈다.

처음에는 명동성당에 가봤는데 그렇게 큰 곳은 성대한 결혼식에나 어울릴 것 같았다. 나는 그럴 능력도, 의사도 없었다. 되도록 작은 데서 조촐하게 하고 싶었다. 다른 성당에 가보려고 택시를 탔다. 그런데 택시기사 아저씨가 이야기를 듣다가 우리가 결혼식장을 찾고 있다는 것을 알고는 대한민국에서 결혼하기에 가장 멋진 성당은 합정역 근처에 있는 성당이라고, 마치 대한민국에서 가장 높은 건물은 롯데타워라고 말하듯 확신에 차서 알려주었다. 우리는 귀가 솔깃해져 기사에게 그럼 가장 멋진 그 성당으로 지금 당장 가달라고 말했다. 택시비를 꽤 많이 주고 내리면서도 기분이 좋아서 잔돈은 받지 않았다.

과연 그 성당은 우리나라에 이런 곳이 있었나 할 정도로 특별하고 아름다웠다. 건물이 아담했고 그 등 뒤로 굽이쳐 돌아가는 한강이 내려다보였다. 안으로 들어가니 사방 벽면에 아무런 장식이 없고 오로지 정면에 나무로 만든 십자가만 걸려 있어서 순결하고 정갈한 분위기를 풍겼다. 성당이 너무 아름다워서 결혼에 확신이 없어도 결혼식만큼은 올리고 싶은 심정이었다. 들뜬 기분으로 사무실에 가서 여기서 결혼을 하고 싶다고 했더니, 이곳은 순교지라 결혼식을 허용하지 않는다고 했다. 과연 뒤뜰에는 목 잘린 순교자의 무덤 수십기(基)가 있었다.(의미 있는 곳이기는 하지만 결혼식을 하기에는 아무래도 좀……) 그곳이 절두산성당이었다.

엉터리 정보를 준 택시기사에게 따지고 싶었지만 이미 그가 떠난 뒤 결혼식을 한번 하고도 남았을 시간이 흐른 다음이었다. 다시 택시를 타고 원점으로 돌아와서 가본 곳이 중림동에 있는 약현성당이었다. 작고 단출한, 그래서 아름다운 곳이었다. 알고 보니 이곳이 지어진 지 120년 된 우리나라 최초의 성당이었다. 우리는 넉 달 뒤로 결혼식을 예약했다. 그리고 반전에 반전을 거듭한 다음 무사히 정해진 장소에서 정해진 날짜에 정해진 사람과 결혼했다.

성당은 전문 웨딩홀이 아니다보니 아무래도 결혼을 위한 편의가 잘 갖춰져 있지는 않았다. 전문적으로 행사를 관리해주는 사람이 없어서 내가 모든 것을 챙겨야 했다. 하객과 인사하다 말고 주차장이 다 찼다는 얘기를 듣고 인근 주차장을 확보해야 했다. 성당으로 올라오는 입구에 시장 상인들이 앉아서 장사하는 바람에 하객을 태운 버스가 올라오질 못한다고 해서 내가 내려가서 해결해야 했다. 친구들이 축가를 준비했는데 성당에서 녹음한 반주를 틀어주지 않는다고 해서 또 내가 가서 해결해야 했다. 주례를 맡은 젊은 신부님은 처음 주례를 해보시는데다 의욕이 넘쳐서 말씀이 너무 길었다. 결혼을 안 해보셨을 텐데도 부부가 지켜야 하는 원칙을 첫째부터 다섯째까지 꼼꼼하게 일러주시는 바람에 신랑인 나조차 졸음이 쏟아지고 다리가 아파 번갈아 짝다리를 짚었다. 아내는 부케를 수직 방향으로 던져올린 탓에 그만 자기가 받았다. 우리는 웨딩카를 빌리지 않고 아내가 타던 승용차를 내가 직접 운전해서 공항에 갔는데 주차를 하다가 에쿠스 리무진을 들이받아서 물어주어야 했다. 아내는 비행기 표를 예약하면서 내 이름의 영문철자를 잘못 썼다. 나는 '정'을 'Choung'로 쓰는데 아내가 이를 모르고 'Jung'로 기입한 것이다. 항공사에서는 그 이름만 수정할 수 없고 처음부터 다시 비행기표를 발권해야 한다고 했다. 이 사실을 결혼 이틀 전에 발견한 터라 비행기를 새로 구할 수가 없어 결국 나는 아내와 다른 비행기를 타고 신혼여행을 다녀왔다. (결혼이라는 것을 처음 하다보니 좀 서툴렀습니다. 다시 하라면 잘할 수 있겠습니다만.)

이혼 주례

이혼 조건에 대해 부부 간에 합의가 안되면 재판을 해야 하지만, 합의가 되더라도 판사 앞에서 이혼 의사를 확인받아야 한다. 당사자들의 이혼의사를 직접 확인하는 절차를 판사들 사이에서는 '이혼 주례'라고 한다. 판사가 하는 일이 결혼식장에서 주례가 하는 일과 꼭 닮았기 때문이다. 법대 앞으로 나온 두 사람에게(아프리카 가나의 가정법원에서처럼 이혼을 원하는 부부가 결혼식 때 착용했던 턱시도와 웨딩드레스를 다시 입어야 할 필요는 없다) 판사가 본인이 맞는지 확인한 다음 부부에게 각각 별도로 "진정으로 이혼하려는 것입니까"라고 묻는다. "네." "네." 남성과 여성 목소리가 한번씩 들리면 판사가 "네, 이혼 의사가 확인됐습니다"라고 말한다.

그걸로 끝이다. 그러니 1분에 두세쌍을 처리할 수도 있다. 오래전 어느 방송 프로그램에서 중년의 남자 연예인이 자신의 이혼 경험을 말하면서 법원에 가서 이혼을 하겠다고 하면 판사가 말려줄 줄 알았는데 그냥 순식간에 이혼이 돼버려 황망했다고 했다. 그 말이 마음에 걸

려서 초짜 판사 시절에는 이혼 의사를 확인하면서 말을 좀 붙여볼까 생각도 했다. 그런데 도무지 적절한 말이 떠오르지 않았다. "대체 무슨 이유로 이혼을 하려고 하십니까?"라고 물으면 불필요한 사생활 침해가 된다. "힘내세요!"라거나, "빨리 좋은 분 만나시기 바랍니다"라거나, "혼자 사는 것도 좋은 것 같아요"라고 할 수도 없는 것 아닌가.

법대 앞에 선 두 사람은 멀찍이 떨어져서 서로를 쳐다보지 않는 것이 보통이다. 둘 사이에 마치 같은 극의 거대한 자석이 있어 팽팽한 척력이 작동하는 듯 느껴진다. 가끔은 가까이 붙어 서서 절차 전후로 편안하게 대화도 나누는 부부도 있다. 빚 독촉이나 부동산 세금을 회피하기 위한 가장이혼이 의심되는 경우다. 둘 중 한명만 나오는 경우도 많다. 처음 이혼을 신청할 때에는 둘 다 나오기로 약속했는데 정해진 기일에 한쪽의 마음이 바뀌어 안 나오는 경우도 적지 않다. 그러면 나온 쪽은 허탕을 친 셈이 된다. 그때 사람들의 표정은 다양하다. 결혼 내내 배신하더니 마지막까지 배신하는구나 하며 허탈해하는 표정도 있고, 홧김에 이혼하자고 해서 자존심 싸움이 벌어졌지만 실은 이혼을 원치 않았는지 은근히 다행스러워하는 표정도 있다.

돈이 시키는 결혼, 돈에 쫓기는 이혼

예비 신랑이던 남자가 예비 신부를 상대로 손해배상을 청구한 사건이 있었다. 예비 신랑의 주장은 예비 신부가 아무런 이유 없이 결혼식장에 나타나지 않아 결혼 비용과 정신적 위자료에 해당하는 손해가 발생했다는 것이다. 그러나 재판을 해보니 이유가 없지 않았다. 피고인 예비 신부의 말에 따르면, 상견례 자리에서 전채 요리로 해파리 냉채가 나오자마자 예비 시어머니가 자신의 부모에게 부동산은 얼마나 있는지, 자식들한테 얼마나 물려줄 것인지 물었다. 친정어머니가 줄 것이 없다고 하자 예비 시어머니는 낯빛이 굳어지면서 "며느리 직장도 변변찮은데 그럼 애들이 대체 뭘 먹고 사느냐" 하고 힐난했다. "뭘 먹고 사느냐"라는 말 때문에 예비 신부는 그다음부터 나오는 요리를 거의 먹지 못했다고 한다.

그러나 예비 시어머니도 할 말이 많았다. "먹을 거 안 먹고" 모은 돈으로 자식 앞으로 아파트 한채를 마련해주었는데 예비 신부 측은 혼수도, 예단도, 예물도 너무 싸구려만 해왔다고 했다. 한복도 물빨래가 되는 싸구려 원단으로 했다면서 화를 냈다.(물빨래가 되면 편한 거 아닌가.) 법정에서는 두 어머니의 대리전이 펼쳐졌다. 다툼의 압권은 금목걸이였다. 신부 어머니는 딸아이 친구들은 굵은 다이아몬드 반지와 목걸이 세트를 받고도 신랑에게 10돈짜리 금목걸이를 해주었는데 예비 신랑이 "아, 글쎄, 15돈도 아니고 20돈을 해달라"고 했다면서 기가 막힌다는 표정을 지었다. 그러자 예비 시어머니는 자기 맏아들은 30돈짜리 금목걸이를 받았다고 받아쳤다.

예비 신랑이 15돈짜리 금목걸이를 해달라고 했다면, 아니 아예 은목걸이를 해달라고 했다면, 두 사람은 무사히 결혼해 행복하게 살면서 나를 만나지 않을 수 있었을까. 가정법원에 오는 이혼 사건은 대부분 돈 문제와 관련이 있다. 근본적 원인은 자신이 받아야 한다고 생각하는 만큼의 돈을 받지 못하기 때문이다.(혼수나 예단 문제로 가족 간에 감정 상하는 경우를 많이 봤던 나는 양가 부모에게 금전적 도움을 일절 받지 않고 아내에게 모든 결혼 비용을 합한 것보다 많은 돈을 먼저 송금하고서 결혼 준비를 시작했다. 아내는 감동했다. 결혼 후 마이너스 통장에서 나간 그 돈을 함께 갚기 전까지는.)

예전에는 법정에서 상대방에게 "돈을 너무 밝힌다" 하고 손가락질하거나, "제가 돈 때문에 이러는 게 아니라요"라고 말을 시작하는 경우가 많았지만 요즘은 드물다. 누구나 돈을 밝히니까. 손해를 보고 싶지 않은 것은 인지상정이다. 다만 예전에는 겉으로는 돈 이야기를 안했다. 돈 이야기를 노골적으로 하면 점잖지 못하다고 했다. 우리 세대는 초등학생 때부터 방울토마토 같은 입으로 교실 앞 칠판 옆에 붙어 있는 "우리는 민족중흥의 역사적 사명을 띠고 이 땅에 태어났다"라고 시작하는 국민교육헌장을 암송했다. 매주 운동장 조회 때 하늘에 펄럭이는 태극기를 향해 "나는 자랑스러운 태극기 앞에 조국과 민족의 무궁한 영광을 위해 몸과 마음을 바쳐 충성을 다할 것을 굳게 맹세합니다" 하고 다짐했다. 그러니 어찌 돈, 돈 하겠는가.

그래서인지 내가 법대를 들어갈 때에도, 사법시험을 준비할 때에도, 사법연수원에 들어가서도, 나중에 돈을 많이 벌어서 혼자 잘 먹고 잘사는 것이 목표라고 대놓고 말하는 사람은 볼 수 없었다. 내가 어릴 때 경제적으로 늘 쪼들리던 우리 부모님도 나더러 나라와 사회에 기여하는 큰 인물이 되라고 했을 뿐(내 이름부터가 나라에 옥돌을 기여한다는 뜻이다) 부자가 되라는 말은 한번도 한 적이 없다.(큰 인물이 되면 자동으로 부자가 되던 시절이라서 그랬을 수도 있다.) 학교 선생님들도 커서 돈을 잘 벌라거나 돈이 최고라고 가르치지 않았다.(그래도 촌지는 많이들 받았지만.)

그러나 IMF 이후 분위기가 바뀌었다. 하루아침에 회사가 줄줄이 부도나고 실직자가 쏟아지면서 모두가 돈의 무서움을 깨닫게 되었다. 공무원 시험 경쟁률이 폭등하고, 전국 모든 의대의 커트라인이 서울대학교 다른 전공 위로 치고 올라가기 시작한 것도 그때부터였다. 텔레비전 광고에서는 배우 김정은이 "여러분, 부자 되세요!"라고 노골적으로 말해서 공전의 히트를 거두었다. 한동안 새해 인사가 "부자 되세요!"였다. 어쩌면 솔직해졌다고 할 수 있다. 코로나 사태 이후에는 경제가 더 위축되고, 개개인의 고립이 심해지면서 본격적인 각자도생의 시대가 열릴 것이다. 각자 알아서 먹고살아야 한다. 부자는 언감생심이고, 살아남기도 버거운 사람들이 많아질 것만 같다.

원고와 피고가 이혼에 합의하더라도 재산분할금, 위자료, 양육비를 결정해야 한다. 요즘은 드물지만 과거에는 아버지가 자녀 양육을 맡으면서 사내답게(?) "고마, 양육비는 받지 않겠습니다"라고, 마치 택시 기사에게 "잔돈은 고마 됐습니다"라고 하듯이 말하는 경우도 종종 보았다. 육아에 기여하지 않았던 남자일수록, 심지어 경제적으로도 불안정해 보이는 사람일수록 더 그랬다. 굳이 말을 꺼내지는 않지만 속으로는 그들이 무책임해 보이고 그 자녀가 걱정된다. 소년재판에 나오는 아이들 중에도 상당수는 부모가 이혼하면서 양육자가 양육비를 받지 않고 양육도 제대로 하지 않은 경우다.

양육비는 받는 쪽에서는 늘 부족하고 주는 쪽에서는 늘 부담 된다. 법원에서 보는 사람들 중 대기업에 다니거나 전문직이거나 해서 수입이 어느 정도 되는 사람은 극소수다. 내가 재판한 어느 부부가 기억난다. 이혼하면서 남자가 세 아이의 양육을 다 맡기로 했는데 양육비를 놓고 실랑이가 벌어졌다. 남자는 한달에 적어도 50만원은 받아야겠다고 한다. 아이 한명당 50만원이 아니라 세 아이 합쳐서 50만원을 요구하는 것이었다. 요즘 세상에 아이 한명도 50만원으로 키우기는 너무 어렵다. 그런데 세 아이 합쳐서 50만원을 요구하고 있었다. 결코 큰 금액이 아니었다.

반면 여자는 15만원 이상은 도저히 줄 수 없다고 했다. 자신이 식당에서 아르바이트를 하면서 최저임금을 받는데 거기서 방 월세를 내고 나면 40만원이 남고, 자신도 생활을 해야 하므로 세 아이 양육비 합계 15만원이 최대한이라고 했다. 한 아이당 5만원을 주겠다는 것이었다. 양육비나 재산분할금이라는 것이 제3자로부터 받아오는 것이 아니라 부부의 재산에서 갹출하는 것이므로 부부가 가난하면 금액이 극히 적을 수밖에 없다. 두 사람이 희망하는 액수 사이에서 조정을 해야 하는데 두 사람 형편이 너무 어려워 대체 어떻게 조정을 해야 할지 알 수 없었던 데다가, 현실이 이렇게 참혹하구나 하는 생각에 마음이 무거워져서 한동안 아무런 말도 못한 채 앉아 있었다. 이런 사람들에게는 살아가는 것이 지구의 중력이 서너배로 작용하는 것처럼 너무 힘들겠다는 생각이 들지만 그렇다고 뭔가 당장 해결할 수 있는 방법도 없으므로 안타까울 뿐이다. 이런 경우에는 국가가 최소한의 양육

비를 지급하고, 이후에 양육 의무자에게 구상하는 등의 제도가 있었
으면 좋겠다.

잔칫날 밥상을 대접하는 자세

신랑 신부는 퇴장하자마자 한복으로 갈아입고 폐백실로 갔다. 폐
백은 원래 혼례를 끝내고 신부가 친정을 떠나 시가로 갈 때 하던 의례
다. 신부는 친정에서 정성으로 준비한 대추, 밤, 술, 과일 등을 차려놓
고서 시가 식구들에게 큰절을 하고 술을 올린다. 그러면 시부모는 대
추를 며느리 치마폭에 던져주면서 잘살라고 덕담을 한다. 다른 시가
어른들도 절을 받고 덕담을 하고 절값을 준다. 요즘은 폐백을 생략하
는 경우가 많다. 아무래도 번거롭고, 한복도 마련해야 하고, 시가 친지
에게 절값 부담을 지운다는 이유다.

법원에서는 폐백으로 인한 사건도 흔히 본다. 폐백을 굳이 하려고
해서 생긴 분쟁이 있는가 하면, 폐백을 생략하려고 해서 생긴 분쟁도
있다. 이런 경우에는 폐백을 굳이 하려는 사람끼리, 안 하려는 사람끼
리 각 사건의 배우자들을 서로 바꾸어 중매해주고 싶은 심정이 든다.
이혼 재판을 하고 있으면 폐백 문제 말고도 서로 맺어주고 싶은 부부
가 너무 많다. 지나친 효자 남편은 지나친 효녀 아내와, 의처증이 있
는 남자는 의부증이 있는 여자와, 외도를 좋아하는 배우자는 역시 외
도를 좋아하는 배우자와, 중요한 부분을 속이고 결혼하는 사람은 마
찬가지로 속이고 결혼하는 사람과 이어주는 식이다.

신랑 신부가 폐백을 하는 동안 나는 혼자서 밥을 먹으러 피로연장으로 갔다. 쇼팽의 피아노곡이 흐르는 서양식 식당이었다. 검은 정장 조끼를 입은 종업원이 큰 원형 테이블로 나를 안내했다. 다른 사람과 조금 떨어져 앉으려고 했더니 딱딱한 말투로 안 된다고 했다. 할 수 없이 낯선 어른 바로 옆에 딱 붙어서 앉았다. 종업원이 또다른 낯선 사람을 내 옆에 앉히려고 할 때 나는 그에게 지인 두명이 오는 중이라 두 자리를 더 맡아두겠다고 했다. 그러자 그 종업원이 이번에도 딱딱한 태도로 그럼 5분만 기다리겠다며 마음을 불편하게 했다. 그는 이어서 들어오는 하객을 내가 있는 테이블로 안내하면서도 마치 4분 59초가 된 것처럼 자꾸만 내 쪽을 쳐다보았다. 다행히 5분이 다 지나기 전에 지인이 어린 아들 손을 붙잡고 들어왔다.

나는 식전 빵을 집어먹었다. 내가 안 좋아하는 음식이 어디 있겠느냐만 식전 빵도 참 좋아한다. 따뜻하고 고소한 빵은 처음 입에 들어간 순간의 온도와 촉감이 부드럽고, 한번씩 씹을 때마다 고소한 맛이 깊어지며, 마지막으로 삼킬 때에도 기분이 좋다.

식사는 괜찮았다. 양송이 수프도, 미니 샐러드도, 다진 생선에 허브를 올린 전채 요리도 맛있었다. 그런데 이번에는 다른 종업원이 뾰로통한 표정과 음성으로 음료수가 아슬아슬하게 올라간 쟁반을 든 채, 마치 찹쌀떡, 메밀묵 장수 같은 발성으로 "음료수 드시이이일 뿌우운!" 하며 클래식 음악이 흐르는 테이블 사이를 휘젓고 다녔다. 보름달 같은 흰 접시 위에 초록색 초승달 같은 멜론이 나왔다. 다섯 조각으로 칼질이 돼 있었다. 내 옆에 앉은 어른이 두 조각을 연방 먹었다.

그 옆의 어른이 또 두 조각을 먹었다. 그러고 나니 한 조각이 남았다. 나와 지인은 먹지 않고 지인의 초등학생 아들이 먹었다. 그런데 그 아들이 하나 더 먹고 싶다고 했다. 나는 곁을 지나가던 (찹쌀떡, 메밀묵 장수가 아닌) 음료수를 든 종업원에게 멜론을 조금 더 먹을 수 있느냐고 물었다. 그러나 종업원은 안 된다고 잘라 말했다. "한 사람에 한 조각입니다." 재판할 때에도 그렇게 매정하게는 잘 말하지 않는데.

내가 고등학생 때 고향에서 사촌 누나 결혼식이 열렸다. 결혼식이 다 끝나고 신랑 신부가 신혼여행을 떠난 뒤 큰아버지 집에서 별도로 잔치에 가까운 피로연이 열렸다. 마당에 놓인 평상에 친지와 동네 사람 수십명이 북적거리며 밥을 먹고 술을 마셨다. 담 없이 마당만 있는 집이어서 사람들이 수시로 찾아오고 또 떠나갔다. 개혼을 한 큰아버지는 여러 감정들로 들뜬 상태에서 하객들이 주는 대로 술을 받아 드시다가 얼굴이 폐백대추처럼 붉게 달아올랐다. 유쾌한 소란과 즐거운 분주함이 범벅된 장면이었다.

그런데 행색이 허름한 아저씨 한분이 마당 안으로 들어와서 쭈뼛쭈뼛 두리번거렸다. 눈빛이 또렷하지 않고 발음도 정확하지 않았다. 친지도 아니었고 동네 사람인지도 의심스러웠다. 솔직히 말해 걸인이 아닌가 하는 생각이 들 정도였다. 그런데 우리 아버지가 다가가서 예를 갖추고 인사하더니 평상 한쪽에 앉히고는 작은 밥상과 술상을 차려주고 한동안 말상대를 해주셨다. 굳어 있던 그의 얼굴에 차츰 화색이 돌고 이런저런 말을 더듬더듬 하기 시작했다. 그때 아버지가 달리 보였다. 다른 이해관계 없이 그저 사람이 찾아왔다는 이유만으로 그를 존중해주는 것처럼 보였다. 거창한 말일지 모르지만 그때 아버지에게서 품위 같은 것을 느꼈다. 혼주가 고급 호텔 예식장에서 비싼 호텔 요리를 대접할 때 생긴다는 품위와는 다른 종류의 것이었다.

우리 아버지가 특별히 좋은 사람이었다는 뜻이 아니라 그것이 그 시절 문화였다는 말을 하려는 것이다. 잔칫날은 지인에게든 낯선 사람에게든 좋은 마음으로 대접하는 그런 날이었다. 잔칫날 초라한 낯선 사람에게 작은 술상을 대접하고 말동무가 돼주는 자세. 그것이 진짜 사랑이 아닐까. 15돈짜리 금목걸이보다 더 강력하게 이혼을 막는 비결일지도 모르겠다. 팔굽혀펴기 오십번이 아니라 열번 할 정도의 성의만 되어도 가능하지 않을까. 집에는 물론 직장에도, 사회에도, 정치에도 가끔씩은 그런 훈훈한 잔칫날이 있으면 좋겠다. 그간의 불화를 덮어두고 서로 음식을 먹이면서 말동무가 돼주는 날.

4장

언제나,
일상다반사

짜장면,
그야말로 인생의 동반자

이십년쯤 전인가. 짜장면을 '짜장면'이라 쓰지 못하고 '자장면'이라고 써야 한다는 맞춤법 규정을 알게 되었다. 납득할 수 없었다. 당장 내 주변 누구도 짜장면을 '자장면'이라 읽지도, 쓰지도 않았다. '짜장면'이라고 '짜'에 힘주어 발음하지 않고 '자'장면이라고 말하면 아무래도 단무지 없이 짜장면을 먹는 것처럼 밋밋하다. '짜장면'을 '자장면'이라고 써야 한다면 '짬뽕'도 '잠봉'이라고 써야 하는 것 아니냐며 소심하게 항의하던 이들의 대열에 나도 동참한 바 있다. 그러다가 이후 맞춤법이 바뀌어 '짜장면'이라 쓸 수 있게 됐을 때 뭔가 벅찬 감정을 느꼈다. 세상에 합리성이 존재하는구나 하는 안도감과 함께. 만약 지금 이 순간까지도 '짜장면'을 '자장면'이라고 써야 했다면 나는 이 글을 쓰지 않았을 것이다.

어른은 짜장을 입가에 묻히지 않는다

어릴 때 짜장면을 좋아하지 않은 사람이 있을까. 나도 예외가 아니었다. 콜라와 마찬가지로 검은색 음식이라는 것만으로 신비롭고 매력적이었다. 아버지가 중국음식점에 전화로 짜장면을 주문하면, 특히 거기다 탕수육이라도 시키면 그 직후부터 내 마음은 명절 때처럼 설렘으로 들썩거렸다. 신문지를 깔고, 마실 물을 꺼내고, 김치까지 꺼내고도 또 뭔가 더 할 것이 없을지 서성거린다.

마침내 타타타타타타타 하는 배달원의 오토바이 소리가 바깥에서 들리면 "왔다!" "왔다!" 하는 소리를 연발하면서 달려나가 대문을 열어준다. 그러면 의사 가운 같기도 하고 중국 무술가가 입는 옷 같기도 한 흰옷을 입은 배달원이 은색 철가방을 들고 집 안으로 들어와서는 철가방을 탕 소리가 나도록 바닥에 내려놓는다. 철제문은 마치 람보르기니 차문처럼 위쪽으로 열린다. 그 안에서 연초록색 바탕에 흰색 알갱이들이 무수히 박힌 짜장면 그릇이 나온다. 잘게 썬 파란 오이 몇 가닥과 초록색 완두콩 서너개가 검은 짜장 위에서 장식품처럼 반짝인다. 가끔 하얀 메추리알이 벗은 몸을 드러내고 있을 때도 있다. 그 짜장면을 보는 순간부터 침샘 조절이 되지 않아 입안에 흥건하게 침이 고인다.

짜장면 그릇을 앞에 두고 단무지와 춘장 그릇을 사이에 놓고 나면 마치 일본 신사에서 신관이 예를 갖추듯 나무젓가락을 양손으로 한 짝씩 잡고 쫙 벌려서 뜯는다. 이어서 파리가 두 손을 분주하게 비비듯 나무젓가락 두짝을 재빠르게 비빈다. 그러고는 역시 양손으로 각각 젓가락 하나씩을 짜장면에 꽂고서 짜장을 뒤섞는다. 흰 모자를 쓴 주방장이 길게 늘인 밀가루반죽을 머리 위에서부터 내리치고 뭉치다가 갈가리 찢기를 반복하면서 만든 수타면은 쫄깃하면서도 구수했다.

짜장면을 다 먹고 나면 입 주변에 짜장이 상놈 수염처럼 계통 없이 덕지덕지 묻었다. 위로는 코끝까지, 아래로는 턱밑까지 묻었다. 때로 면도 지렁이처럼 뺨에 들러붙어 있었다. 어린 나이에도 그것이 추해 보였다. 그러나 짜장을 입가에 묻히지 않으려고 아무리 조심을 해도 결국에는 성공하지 못했다. 어른이 되고 난 뒤에는 짜장을 입가에 묻히지 않았다. 입술에 좀 묻더라도 혀로 돌려치기 한번만 하면 짜장의 흔적을 남기지 않을 수 있게 되었다. 언젠가 입가에 짜장이 잔뜩 묻은 아들에게 대단한 자랑처럼 말하기도 했다. 어른은 짜장을 입가에 묻히지 않는다고.

어릴 때에는 주변 어른들이 말을 잘 들으면 짜장면을 사주겠다고 하는 경우가 많았다. 학교 선생님은 시험을 잘 보면 짜장면을 사주겠다고 했고, 교회 주일학교 선생님은 전도를 해오면 짜장면을 사주겠다고 했다. 그러나 반대로 부모님은 남에게 고작 짜장면 한 그릇 대접했다며 미안해했다. 또는 과거의 어느 시절 겨우 짜장면 한 그릇 먹고 일하곤 했다며 자기연민에 빠지곤 했다. 그래서 혼란스러웠다. 왜 짜장면은 모두가 맛있다 하는데 귀한 대접을 못 받는 것인지.

그러나 요즈음 나는 짜장면을 잘 먹지 않는다. 나트륨이 많은 음식이 꺼려진다. 밀가루 음식을 소화시키는 것도 갈수록 부담스럽다. 아내와 아이들이 짜장면을 배달시켜 먹겠다고 하면 나는 건강에 더 좋은 음식을 먹으라고 잔소리를 해댄다. (그랬더니 내가 주말에 혼자 외출하기만 하면 아내와 아이들은 무조건 짜장면을 시킨다. 원래 먹지 말라는 것을 먹으면 더 맛있다면서.) 게다가 요즈음 나오는 짜장면은 그 옛날 내가 좋아하던 짜장면이 아니다. 완두콩도, 메추리알도, 오이채도, 연초록색 그릇도 없다. 그 짜장면은 대체 어디로 간 것일까. '옛날 짜장'이라는 간판을 건 곳을 몇군데 찾아가보았지만 추억의 짜장면은 좀처럼 만날 수 없다.

오늘 저녁에는 외진 골목 속 허름한 중식당 앞에서 발길을 멈췄다. 열린 문 사이로 나무 구슬을 실로 꿰어 주룩주룩 세로로 늘어뜨린 구식 발에 시선이 꽂혔기 때문이다. 어릴 적 '반점' 입구마다 걸려 있던 그것이다. 건물이 옛날식이라서 혹시 옛날에 먹던 그런 짜장이 있을까 해서 안으로 들어가봤다. 손님이 별로 없었다. 심지어 파리가 달려들었다. 흰 모자를 쓴 중년 아저씨가 나와 팔각형 컵에 담긴 재스민차를 건네주었다. 삼십년 전으로 이동한 느낌이었다.

짜장이냐 짬뽕이냐 그것이 문제로다

중국음식점 안에서 나는 늘 그렇듯 짜장을 먹을지, 짬뽕을 먹을지를 놓고 고민하기 시작했다. 짜장을 먹으려고 하면 얼큰한 국물과 해물이 있는 짬뽕을 못 먹는다는 것이 너무 아쉽게 느껴진다. 반대로 짬뽕을 먹으려고 하면 중국음식점의 주인공은 역시 짜장이고 맛은 역

시 짜장이 더 낫지 않은가 하는 아쉬움이 든다. 그렇다고 '짬짜면'을 먹게 되지는 않는다. 짬짜면은 제대로 된 짬뽕도 아니고 제대로 된 짜장면도 아닌 느낌이 든다.

짜장면과 짬뽕은 유래부터 다르다. 짜장면은 중국에서 전수되었다. 전통적으로 중국에서는 뜨거운 국물에 국수가 담긴 '탕면'을 고급으로 쳤다. 주로 왕족이나 귀족들이 탕면을 먹었다. 자장면과 같이 국물이 없는 '건면'은 농민, 노동자, 유목민이 많이 먹었다. 유목민들이 세운 원나라가 중국을 지배하던 시기에 건면이 중국 북부 지방에 전수되었다. 그것이 명나라, 청나라를 거치면서 '자장면'이 탄생했다. 자장면은 중국식 된장을 기름에 볶아서 국수에 얹어 먹는 음식이었다. 다만 그들이 먹던 자장면은 검정색은 아니었다. 콩으로 만든 노란 장을 살짝 볶아서 조금 넣고 여기에 배추, 무, 오이, 숙주나물을 생으로 넣고 비벼 먹는 것이었다. 지방마다 자장면에 들어가는 장이 달랐다. 북경에서는 황장黃醬이라는 노란 콩으로 만든 장을, 산둥 지방에서는 달콤한 첨면장甛面醬이라는 장을, 동북 지방에서는 대장大醬이라는 장을 볶아서 넣는다.

자장면은 청나라 말기에 널리 알려지게 되었다. 1900년 의화단의 난이 일어났을 때 영국, 미국, 독일, 프랑스, 일본, 러시아, 이탈리아, 오스트리아 등 8개국이 중국을 침공하고 북경을 점령했다. 이때 황제였던 광서제와 서태후가 시안으로 피난을 가다가 자장면의 고소한 냄새를 맡게 되었다. 두 사람은 자장면을 파는 집으로 가서 연거푸 두 그릇을 먹었다. 그 맛에 너무 감동한 나머지 광서제가 북경을 되찾고

자금성으로 돌아올 때 피난길에서 들른 자장면집의 주방장을 데리고 들어왔다. 이 이야기가 널리 퍼지면서 자장면이 북경에서 크게 유행하게 되었다.

1883년 인천의 제물포가 개항되었다. 그때 산둥 사람들이 조선으로 건너오면서 자장면도 같이 전수되었다. 그 무렵 중국 노동자들이 춘장을 야채나 고기와 함께 볶아서 국수와 비벼 먹기 시작했다. 달콤한 첨면장을 쓰는 산둥 지방 사람들이 자장면을 전수한 만큼 그때 만들어진 짜장면은 기본적으로 달았다. 거기다가 캐러멜도 넣었으니 더더욱 달았다. 짜장면이 검정색을 띠는 것도 춘장에 들어간 캐러멜 때문이다. 최초의 짜장면 집으로 알려진 공화춘은 1905년 제물포에 문을 열었다. 지금은 그 명맥을 '신승반점'이 잇고 있다고 한다.

반면 짬뽕은 일본산이다. 짬뽕은 1899년 나가사키에서 처음 만들어졌다. 나가사키는 일본 최초의 개항지였다. 아시아의 뉴욕이라고 할까. 일본은 물론 아시아 전체를 통틀어 서구 문물을 가장 폭넓게 흡수하던 창구였다. 당시 나가사키에는 중국에서 온 유학생이나 노동자들도 많이 살았다. 그때 천핑순陳平順이라는 화교가 시카이로四海樓라는 중국음식점을 운영하고 있었다. 천핑순은 원래 푸젠성 사람인데 푸젠성 사람들이 즐겨 먹던 탕육사면을 기반으로 나가사키에서 쉽게 구할 수 있는 문어, 새우, 자투리 고기, 양배추를 넣어서 국수를 끓였다. 이것이 바로 나가사키 짬뽕이다. 고추기름이 들어가서 국물이 붉은 한국의 짬뽕과는 달리 국물이 희고 뽀얗다.

나가사키 짬뽕은 싸고 맛있고 푸짐하다는 소문이 퍼져서 일본인들

사이에도 큰 인기를 끌었다. 천펑순은 손님이 오면 인사로 "샤뽕?"이라고 물었다. 중국어로 "츠판(밥 먹었니)?"이라고 묻는 것인데 천펑순이 푸젠성 출신이라서 사투리 발음이 나온 것이었다. 그것을 들은 일본 사람들은 특이한 국수의 이름인 줄 알고 일본어로 '찬폰ちゃんぽん'이라고 불렀다. 그것이 우리나라에 건너오면서 '짬뽕'으로 전해진 것이다. '캥거루' 이름의 유래와 비슷하다. 호주를 처음 발견한 유럽 사람들이 원주민들에게 두발 달린 동물이 새끼를 배에 넣고 뛰어다니는 것을 보고 "저것이 무엇이냐?"라고 물었다. 그때 원주민이 "캥거루"라고 대답하는 바람에 유럽인들은 그 동물의 이름이 캥거루라고 믿게 되었다. 캥거루는 원주민들 언어로 '모른다'는 뜻이었다. 짬뽕도 인천 제물포의 차이나타운에서 나가사키를 다녀온 중국인들이 전수했다. 한편 시카이로는 지금도 나가사키에서 천펑순의 후손이 운영하고 있다고 한다.

판사로 일하면 하루에서 여러번씩 짜장과 짬뽕을 선택하는 것 이상의 선택을 해야 한다. 유죄로 할지 무죄로 할지, 유죄로 한다면 실형을 할지 집행유예로 풀어줄지, 징역형을 할지 벌금형을 할지, 원고의 손을 들어줄지 피고의 손을 들어줄지, 이혼을 선고할지 말지, 자녀의 양육권을 아버지에게 줄지 어머니에게 줄지. 짜장을 먹을지 짬뽕을 먹을지도 판단이 쉽지 않은데 판결을 내리는 것이 어디 쉽겠는가.

판사 초기에는 경력이 쌓이면 점차 판단이 쉬워지고 판단을 내리는 데 걸리는 시간도 짧아질 줄 알았다. 그러나 전혀 그렇지 않았다. 판단이 점점 더 어렵고 시간도 많이 걸렸다. 나이가 들수록 머리가 나빠지는 것도 분명한 이유다. 그러나 나이가 들수록 고려하게 되는 요소들이 많이 보이게 되는 까닭도 있다. 선과 악의 경계가 그리 뚜렷하지 않다는 것도, 가치의 우열관계를 평가하는 것이 갈수록 어려워진다는 것도 깨닫게 되기 때문이다.

나는 결국 짜장을 먹기로 마음을 굳혔다. 이어폰을 꽂고 국카스텐의 곡 「거울」을 듣는데 전자기타 소리가 "짜장짜장 짜자장 짜자자자장"으로 들렸기 때문이다. 그러자 이제는 일반 짜장을 먹을지, 간짜장을 먹을지 고민이 시작됐다. 간짜장을 먹기로 마음먹자 다시 보통을 먹을지, 곱빼기를 먹을지 고민하게 됐다. 그러고 보면 산다는 것은 곧 선택하는 것이고 선택의 순간이 있다는 것은 살아 있다는 뜻이다. 선택을 함으로써 미래를 변화시킬 수 있다. 죽은 자에게는 미래가 없다.

나는 결국 간짜장 보통을 주문했다. 한때는 간짜장의 '간'이 짜장의 간을 먹는 사람이 알아서 맞출 수 있다는 뜻인 줄 알았다. 그러나 간짜장의 '간'은 마를 건乾 자를 의미한다. 짜장을 볶을 때 일반 짜장은 기름에 볶다가 물도 넣는데, 간짜장은 물을 넣지 않고 볶는 것이라 한다.

간짜장이 나왔다. 그런데 아쉽다! 간짜장 위에 계란프라이가 올라가 있지 않다. 기름에 튀긴 계란프라이가 있어야 하는데. 반숙 노른자는 얇은 흰자 주머니에 담겨 복어처럼 오동통하게 부풀어 오르고 흰자는 가장자리로 갈수록 얇아져서 그 끝이 노릇노릇하고 바삭바삭하게 태워진 계란프라이! 부풀어 오른 노른자 부분을 젓가락 끝으로 스윽 긁으면 연약한 보호막이 찢어지는 그 계란프라이! 그 틈으로 새어

나온 노른자가 카페라테에 부은 우유처럼 짜장과 면에 스며들어 간 짜장 전체를 부드럽게 만드는 그 계란프라이!

짜장을 붓고 잘 뒤섞은 다음 짜장면을 입으로 빨아당겼다. 흐르르 르르르릅. 첩첩첩. 축축하고 육덕진 소리가 난다. 칼국수나 라면을 빨 아들일 때는 나지 않는 소리다. 길고 검은 장화를 신고 서해 갯벌을 걷는 것처럼 찐득찐득한 느낌이 전해진다.

카레맛 똥과 똥맛 카레

얼마 전에 이사를 했다. 고작 길 하나 건너에 있는 아파트로 옮겼을 뿐이지만 여태껏 이사 중 가장 고됐다. 부동산 중개사와 함께 처음 아 파트를 보러 갔을 때부터 예사롭지 않았다. 거실에는 각종 채소가 밭 처럼 널려 있었다. 발 디딜 틈이 없었다. 베란다에는 호박과 메주 덩 어리가 쌓여 있었다. 메주 위에는 오랜만에 보는 빨간색 직사각형 파 리채가 놓여 있었다.

집주인은 주방 바닥에 주저앉아 상을 펴놓은 채 밥을 먹고 있었다. 그의 인상과 헤어스타일은 어딘가 베토벤을 연상시켰다. 덩치가 크 고 몸이 다부져 보였다. 다만 사투리가 심하고 말투가 가벼운 것은 반 전이었다. 밥상에는 우엉, 김, 상추, 콩자반 같은 반찬과 감자조림이 올라가 있었다. 일부는 거실에서 따온 것이 아닐까 싶었다. 소파는 너 무 낡은 나머지 누런 가죽 표면이 소보로빵처럼 갈기갈기 터져 있었 다. 그 위에 노모가 앉아 있었다. 노모는 자기가 차려준 밥을 먹는 아들을 쳐다보고 있었다. 어머니는 세월이 아무리 흘러도 자식에게 밥을 먹이는 존재인가보다, 하는 생각이 들었다.

유난히 말이 많고 자기 종교를 자주 드러내는 부동산 중개사 아저씨는 집이 남향이고, 볕이 잘 들고, 전망이 좋고, 집을 담보로 융자받은 것도 없다는 뻔한 말에다 깍쟁이로 가득한 각박한 도시에서 순박한 분들이 사는 집에 들어가는 것이 복이라면서 선택을 부추겼다.

며칠 뒤 아파트 상가 부동산 중개소에서 전월세 계약서를 쓰고자 집주인과 마주 앉았다. 그에게 나는 월세를 조금 깎거나 보증금을 조금 낮춰줄 수 없는지 물어보았다. '을'에 걸맞은 어정쩡한 자세와 조심스러운 말투로. 그러나 '갑'님은 나를 쳐다보지 않고 부동산 중개사를 향해 "제가 말했잖아요. 가격 같은 기본적인 사항은 미리 다 정하고 계약하는 거라고!"라고 말했다. 말투는 여전히 가벼웠지만 '갑'에 걸맞은 가슴을 쫙 편 자세와 우렁찬 목소리였다. 내가 못 미더웠는지 한마디 덧붙였다. "월세를 두번 이상 못 내면 계약을 해제할 수 있다고 빨간색으로 계약서에 적어주세요!"

내 행색이 월세도 못 낼 정도로 보인단 말인가. 기분이 좋을 리 없었다. 그러나 "표준계약서에 이미 그런 조항이 들어가 있고, 법적으로는 빨간색이나 검은색이나 효력이 같습니다"라는 판사다운 말이 반사적으로 떠올랐을 뿐, 나는 아무런 대꾸도 못하고 '을'답게 다소곳이 앉아 있었다. 다만 집에 필름지를 바르고 도배를 해야 해서 적어도 입주 사흘 전에 집을 비워줄 수 있는지를 물었다. 그는 문제없다고 했다. 부동산 중개사가 그에게 잔금을 안 받고 나갈 수 있느냐고 물어보았더니 "그건 제가 알아서 할 일이니까 신경 쓰지 않으셔도 됩니다"라고, 역시 '갑'답게 단호하게 말했다. 단지 나가기로 한 날짜가 손 없는 날인지만 거듭 확인했다.

나와 아내는 부동산 사무실에서 나와 곧바로 상가 지하에 있는 음식점에 갔다. 라면부터 된장찌개, 부대찌개, 계란찜 정식, 삼겹살까지 이런저런 음식을 집밥처럼 해주는 곳이었다. 나 혼자 먹기도 하고 온 가족과 함께 먹기도 하는 단골 식당이다. 맛은 그저 밋밋하다. 그런데 바로 그 밋밋함 때문에 질리지 않았다. 식당 사장님 성품도 그렇다. 마치 『빨강머리 앤』의 마슈 아저씨 같은 느낌이다. 느릿느릿 움직이며 욕심 없는 웃음을 머금은 주인아저씨는 언제나처럼 나와 아내를 친절하게 맞아주셨다. 아내는 우리가 이제 이사를 간다, 그동안 잘 먹었다며 빨강머리 앤처럼 수다스럽게 인사를 했다. 사장님은 허허 웃으며 그래도 자주 오라고 하더니 잠시 후 공깃밥을 한 그릇 서비스로 갖다주셨다. 아내와 나는 계란찜 정식을 나눠 먹었다. 우리 딸 말에 따르면 백열등처럼 노랗게 따뜻하고, 개미집 같은 구멍이 송송 나 있고, 이불처럼 보들보들한 계란 덩어리가 숟가락을 댈 때마다 사르르 뭉개졌다. 이제 자주 오지 못할 식당이라는 생각 때문인지 계란찜이 특별하게 밋밋했다. 밋밋한 음식을 배 속에 넣었더니 집주인 때문에 뾰족해졌던 마음이 원형을 회복했다.

주인이 집을 비워주기로 한 날 아침 일찍 벽지와 필름지를 바르는 업자들과 집으로 갔다. 그런데 가구나 가전제품이 벽에서 떨어져 방, 거실 가운데 모여 있을 뿐 짐이 대부분 그대로 있었다. 방에는 이부자리까지 펼쳐져 있었다. 집주인은 이번에도 주방에서 밥상을 펼쳐놓고 밥을 먹고 있었다. 나는 집주인에게 오늘 아침까지 이사를 나가기로 하지 않았느냐고 물었다. 집주인은 일을 할 수 있도록 해주기만 하면 되는 것 아니냐, 벽에서 물건을 떼어놓았으니 문제가 없다고 했다. 그러나 도배하는 분은 짐을 다 빼지 않은 상태로는 일을 할 수 없다고 버텼다. 옆에 있던 노모는 별안간 우리를 향해 돈도 안 주고 사람을 내쫓느냐, 내 집에 아무런 손도 대지 말라고 쏘아붙였다. 머리가 아파오기 시작했다.

나는 집주인에게 지금까지 짐을 다 빼주지 않은 것은 계약 위반이라고 말했다. 계약 위반이라는 법적 용어를 쓰자 비로소 불안했는지 집주인이 지금 당장 이사를 하면 될 것 아니냐고 했다. 내가 지금 당장 이사업체를 어떻게 부르느냐고 물었다. 그러자 집주인은 지금 당장 용달차 하나 불러서 혼자서 이사를 할 수 있고, 일단 짐을 다 빼서 복도나 아파트 입구에 쌓아놓겠다고 했다. 혼자서? 입이 딱 벌어졌다. 집주인은 정말로 이내 짐을 옮기기 시작했다. 노모가 신발을 신으라고 하는데도 아랑곳하지 않고 맨발로 짐을 날랐다. 그러다가는 힘들다면서 옆에 서 있던 부동산 중개사에게도 도와달라고 했다. 환갑이 넘은 부동산 중개사는 마지못해 짐을 나르면서 자기 집 이사를 할 때도 힘을 써본 적이 없다며 투덜거렸다.

잠시 후 집주인은 나에게 자필로 적은 A4 용지를 내밀었다. 제일 윗줄에 '집 사용법'이라는 제목이 적혀 있고 그 아래 일곱개 항목이 나열돼 있었다. 예컨대 이런 것이었다. 첫째, 세면대 물이 잘 안 내려갈 수 있으니 일주일에 한번씩 세면대 밑의 파이프를 꺼내서 머리카락 뭉치를 제거해주면 된다. 둘째, 가끔 한번씩 차단기가 내려가 집의 전기가 차단될 수 있다. 그때는 5분 정도 있다가 다시 차단기를 올리면 된다, 등등. 이것은 집 사용법이 아니라 하자 목록이었다. 집주인은 식기세척기, 오븐, 음식물쓰레기 건조기는 아파트 신축 이래 20년간 한번도 사용한 적이 없다면서 "되는지 안되는지 잘 모르지만 안 써도 사는 데 전혀 문제가 없었다"라고 말했다. 집주인은 형광등을 가리키면서 불을 간 지 얼마 되지 않았다고 했지만 불빛은 호롱불이 흔들리는 것처럼 어두침침했다. 집을 둘러보던 아내는 놀란 표정으로 나를 화장실로 데리고 갔다. 속이 울렁거릴 정도로 변기 전체에 누런 자국이 눌어붙어 있었다. 싱크대 안쪽도 변기처럼 색이 바랜 상태였다. 그런 점을 지적해도 집주인은 사용하는 데 아무런 문제가 없다는 말만 되풀이할 뿐이었다.

소액재판을 할 때 집주인과 세입자 사이 분쟁을 심심찮게 재판했었다. 더러운 변기가 문제 된 경우도 있었다. 세입자인 원고는 집주인이 청결한 변기로 바꿔줄 의무가 있다고 주장했다. 증거로 변이 덕지덕지 눌어붙은 변기의 컬러 사진을 확대해 제출했다. 이에 대해 집주인을 대리한 피고 변호사는 변기에는 고급 도자기와 같은 미적인 기능이 없으며, 변기의 기능은 볼일을 보고 물을 내렸을 때 변이 내려가면 달성되는 것이라고 했다. 이에 대해 원고는 다시 변기가 너무 더러우면 앉을 수조차 없기 때문에 통상적인 기능을 할 수 없는 것이라고 맞섰다. 밥그릇이 너무 더러우면 거기다 밥을 못 먹는 것과 같다는 것이다. 그러자 다시 피고 변호사는 밥 먹는 것과 똥 싸는 일이 어떻게 같냐, 밥 먹는 것은 위생이 최우선이고 똥 싸는 것은 그 자체로 깨끗할 수 없는 일이라고 받아쳤다.

너무 더러운 변기는 통상적인 기능을 갖추지 못한 것인가. 이런 문제는 법률 교과서나 논문에 나오지 않는다. 대법원 판결도 없었다. 하필 그날 점심으로 동료들이 카레를 먹으러 가자고 했다. 카레밥을 입에 넣을 때마다 카레 모양 똥과 똥 모양 카레 중 어느 쪽이 더 역겨운가, 카레는 똥처럼 더럽게 보여도 맛만 있으면 통상적인 기능을 다한 것인가 따위의 잡념이 머리통에 흘러넘쳤다. 결국 그 사건은 변기 철거비는 집주인이 부담하고 새로운 변기 값은 세입자가 부담하는 것으로 조정되었다.

이제 그 짜장면집은 배달이 안 된다네

우여곡절 끝에 집주인이 짐을 다 뺐다. 나는 부동산 중개소에 가서 마지막으로 집주인을 만나 잔금을 주고 집 열쇠를 넘겨받았다. 집주인이 뜻밖에도 "잘해드리지 못해서 죄송합니다. 돈이 없어서 그래요"라고 말했다. 이사를 혼자서 하느라 몸에 성한 곳이 없다고도 했다. 그 말끝에 먼 산을 쳐다보는데 눈물을 글썽이는 것 같았다. 나는 측은한 마음이 들기 시작해서 그와 나의 경제적 갑을관계를 망각할 뻔했으나 이내 정신을 바짝 차리고 말했다. "그래도 저희보다 훨씬 부자이시잖아요. 이런 아파트도 있고." 집주인 쪽 중개사는 집주인이 가면서 자신에게 험한 말만 하고 복비도 주지 않고 가버렸다고 했다.

본격적인 이사가 시작되었다. 포장이사업체 사람들이 인상적이었다. 오십대 사장 부부와 젊은 사람들 네명이 한 팀이었다. 그들은 어릴 적 한집에서 뛰어놀던 형제들처럼 팀워크가 좋았다. 여자는 중국인인데 키도 크고 얼굴도 널찍하면서 관상이 좋았다. 일을 척척 아주 잘했고 리더십도 있어 보였다. 남자 사장도 인품이 좋았다. 같이 일하는 젊은 사람들과도 친하게 보였다. 그런데 그 젊은 분들은 제각기 어딘가 불편한 데가 있었다. 한 사람은 발음이 부정확했고, 다른 한 사람은 손가락이 하나 부족했다.

사다리차를 써서 짐을 수월하게 우리 집 안으로 넣으려면 창문을 다 떼어내야 했다. 이중 창문이라서 집 안쪽에서 창문을 다 떼어낼 수가 없었다. 누군가가 사다리 끝에 달린 직사각형 철판 위로 올라가서 창문을 떼어내야 했다. 우리 집이 20층이었다. 그러자 젊은 사람들이 서로 자기가 하겠다고 경쟁하듯 나섰다. 누군가가 바람이 부는 밖으로 나가서 아무런 안전장치도, 난간도 없는 철판 위에서 창문을 떼어내는 것을 지켜보기만 해도 오금이 저렸다. 괜히 미안하기도 하고 고맙기도 해서 점심때 짜장면과 탕수육을 비롯한 중국요리를 시켜드리려고 했다. 원래도 이사할 때 집주인이 일하는 사람들에게 중국음식을 시켜주는 것이 관행이라고 기억하고 있던 터였다. 그러나 그분들은 점심은 그냥 자기들이 밖에 나가서 알아서 먹겠다고 했다. 요즘은 이삿짐 업체도 짜장면을 먹지는 않는 모양이었다. 나는 대신 나가서 고급 커피를 사드렸다.

우여곡절 끝에 사흘에 걸친 이사를 마쳤다. 포장이사업체 사람들이 돌아가자 피로가 한꺼번에 찾아왔다. 나는 단골 중국음식점에 짜장면과 탕수육을 주문했다. 그런데 새집 주소를 말했더니 배달이 안 된다고 했다. 길 하나 건넜을 뿐이지만 행정구역상 동이 바뀌었기 때문이라 했다. 이럴 수가. 그 중국음식점은 드물게 맛있는 집이었다. 짜장 점도가 지나치게 묽지도 되지도 않았고 역한 조미료 맛이 나지도 않았다. 면발도 적당히 쫄깃했다.(다른 가게에서 배달시키면 면발 전체가 떡이 져서 한 젓가락에 뭉텅이진 면이 다 들려 올라오는 경우도 있었다.) 심지어 서비스로 오는 군만두도 먹을 만했다.

할 수 없이 새로 이사 온 동네에 있는 중국음식점에서 배달시켜 먹었지만, 역시나 짜장 맛이 예전 그 집만 못했다. 우울해졌다. 사실 짜장면 때문만은 아니었다. 나는 종합적인 상실감을 겪고 있는 것이었다. 예전에 살던 집, 그 집에 살면서 보낸 소중한 인생의 한때를 잃게 된 것이 아쉽고 불안한 것이었다. 소년이나 청년 때는 중년이 되면 상실에 초연해질 줄 알았다. 그러나 중년이 돼보니 예상과 달랐다. 중요하지 않은 것을 잃을 때는 젊을 때보다 대수롭지 않게 받아들이지만 중요한 것을 잃어버리면 더 휘청거린다. 얼마나 나이를 더 먹으면 상실에 초연해질 수 있을까. 새집에는 얼마 더 있으면 적응할 수 있을까. 얼마가 지나면 옛날 짜장면을 잊고 새 짜장면에 익숙해질 수 있을까.

피자와 맥주,
새로움은 또다른 익숙함이 되고

    나는 지금 거실에 놓인 테이블 앞에 앉아 컴컴한 유리문 밖을 내다보며 피자에 맥주를 마시고 있다. 고기, 햄, 올리브, 파인애플이 토핑으로 올라간, 사람들이 흔히 배달시켜 먹는 피자다. 조금 식었지만 늦은 밤에 맥주와 같이 먹으니 맛이 좋다. 밤하늘에 별은 안 보이니 윤동주처럼 별을 헤아릴 수는 없고 그의 시 「별 헤는 밤」을 빌려 한입씩 베어 먹는 피자 조각을 이렇게 셀 뿐이다.

    배달원이 지나간 식탁에는 피자로 가득 차 있습니다.
    나는 아무 걱정도 없이 식탁 위의 피자를 다 먹을 듯합니다.
    피자 한입에 추억과, 피자 한입에 사랑과, 피자 한입에 쓸쓸함과, 피자 한입에 동경과…

서양 사람들은 술 마신 다음날 해장을 하려고 햄버거를 먹는다던데, 나는 햄버거는 모르겠고 피자를 먹으면 해장이 된다. 피자를 삼키면 모차렐라 치즈와 도우가 위장과 창자에 묻은 알코올을 쓱쓱 닦아내려가는 것처럼 해롱거리던 정신이 회복된다. 나이가 들수록 소화기능이 슬며시 떨어져 그토록 좋아하던 라면도 잘 먹지 못하는데 피자는 아직 소화하기에 큰 부담이 없다. 잘 숙성된 도우로 만든 피자는 밥 못지않게 소화가 잘된다.

피자 헤는 밤

20년쯤 전에 고등학교 친구들과 자동차로 미국 횡단 여행을 한 적이 있다. 미국이 그렇게 넓은 줄 모르고 샌프란시스코에서 운전을 시작해 야밤에 로키산맥을 넘다가 폭우를 만나 식겁하고는 덴버에서 포기하고 말았지만. 그때 미국 피자 가게에서 끼니를 해결할 때가 많았는데 세가지가 인상적이었다. 하나는 피자가 과연 다 먹을 수 있을까 싶을 정도로 정말 컸다는 점, 둘은 우리 입맛에 너무 짰다는 점, 셋은 미국 사람들이 피자에 콜라가 아닌 맥주를 곁들여 먹는다는 점이다. 지금이야 피자에 맥주를 곁들여 먹는 '피맥'이 널리 퍼졌지만 그때 한국에서는, 마치 라면 옆의 김치처럼 피자는 무조건 콜라와 먹는 것으로 인식돼 있었다. 한국에 돌아와 '미국식으로' 피자를 맥주와 같이 먹자고 제안했다가 친구들한테 무시당하거나 핀잔을 듣곤 했다. 지금은 그 친구들도 피자 먹으면서 죄다 맥주를 마시더라.

맥주는 기원전 4천년 전 티그리스·유프라테스 강 유역에서 처음 만들어졌다고 한다. 고대 수메르인들이 설형문자로 쓴 '신에게 바치는 노래'에도 맥주 제조법이 적혀 있다. 기원전 1750년경에 만들어진 "눈에는 눈, 이에는 이"로 유명한 함무라비 법전에도 맥주를 속여서 판 상인에 대한 처벌 조항이 있다. 맥주상이 맥주의 양을 속여서 팔았을 경우에 벌로 물속에 빠뜨려서 익사시킨다는 조항이다. "눈에는 눈, 이에는 이"라는 정신에 충실하자면 맥주 속에 빠뜨려서 익사시켜야 할 것 같은데 그렇게 하지 않은 이유가 궁금해진다. 맥주 속에 빠뜨리면 고통을 못 느껴서 그러지 않았을까. 귀한 맥주를 그렇게 버리기가 아깝기도 했을 것이고.

원래 중세 수도원에서 맥주를 많이 만들었는데 아무래도 술에 취해서 본업에 소홀한 사람이 많이 나왔는지 교황이 맥주 제조 금지령을 내렸다고 한다. 그러다가 보헤미안(현재의 체코 일대) 지방의 왕의 청원으로 이 지역에 맥주 금지령이 먼저 풀려서 맥주 양조가 발전하기 시작했다. 독일 맥주가 유명해진 것은 바이에른 공국의 빌헬름 4세가 1516년 '맥주순수령'을 발표한 것이 계기가 되었다. 기존에는 맥주에 여러 향료를 첨가했는데 맥주순수령에 따라 홉만을 사용하도록 법으로 정한 것이다. 이후 프랑스의 파스퇴르가 효모를 이용한 맥주 발효법을 개발하고 산업혁명으로 대량생산의 기틀이 마련되면서 맥주는 일반 대중 사이에서도 폭발적인 인기를 누리게 되었다.

폴란드에는 공산 정권이 무너진 직후인 1990년 맥주사랑당^{PPPP, Polska Partia Przyjaciol Piwa, 영어로 Polish Beer Lover's Party}이 결성되었다고 한다. 독한 보드

카를 마셔서 알코올중독자가 된 사람들이 많아지자 차라리 대신 맥주를 마시자는 운동을 벌이는 당이었다.(우리나라로 치면 소주를 줄이자는 취지에서 막걸리사랑당을 만든 셈이다.) 맥주사랑당은 폴란드뿐만 아니라 러시아, 우크라이나, 벨라루스 등에서도 결성되었다. 그러나 아무리 함께 맥주를 마셔도 정치적 분열은 불가피한 것인가 보다. 맥주사랑당은 1991년 총선에서 무려 16석이나 차지하면서 국회에 진출했으나 곧바로 대맥주파와 소맥주파로 파벌이 갈려서 결국 해산되었다.

'피자'라는 단어가 처음 기록에 등장한 것은 서기 997년경 작성된 비잔틴제국에 관한 라틴어 문헌이라고 한다. 그에 따르면 나폴리 인근에 있는 가에타라는 항구도시에서는 재산을 일정 정도 소유한 사람은 성탄절과 부활절마다 그 지역을 관할하는 추기경에게 피자를 열두개씩 가져다 바치는 풍습이 있었다. 이후 피자는 중남부 이탈리아로 퍼져나갔다.

16세기 나폴리에서는 피자가 길거리에서 가난한 사람이 먹는 대표적인 음식이었다. 그때 피자 토핑으로는 토마토가 주로 올라갔다. 토마토는 아메리카 대륙에서 유럽으로 유입됐는데 유럽 사람들은 처음에 토마토에 독이 있을 거라 생각해서 좀처럼 먹지 않았다. 이런 인식 탓에 토마토가 조지 워싱턴과 링컨을 독살하기 위해 사용되기도 했다고 한다. 그래서 가난한 나폴리 사람들이 값싼 토마토를 피자에 올려 먹기 시작한 것이다. 나폴리 빈민촌에 관광 온 사람들이 지역 특산물을 맛보듯 피자를 먹기 시작하면서 피자는 유명해졌다. 기록에 따르면 1800년대 초 나폴리에 피자 전문점이 50여개 생겨났다고 한다.

마르게리타 피자의 유래도 재미있다. 1889년 이탈리아 사보이가※의 마르게리타 여왕이 나폴리를 방문했을 때 유명한 피자전문점 주인이 세 종류의 피자를 준비했다. 여왕은 그중에서 토마토의 빨간색, 모차렐라의 흰색, 바질의 녹색으로 이탈리아 국기를 표현한 피자를 가장 좋아했고, 이것이 오늘날 마르게리타 피자로 전해지게 됐다.(비빔밥의 밥을 직사각형으로 평평하게 편 다음 한가운데에 빨간 당근채와 파란 시금치를 올리고 네 귀퉁이에 검정 나물을 세줄씩 배치해서 '대한제국황제 비빔밥'으로 출시하는 건 어떨까.)

나폴리 피자는 도우가 쫄깃하고 바깥 부분인 크러스트에 갈색 그러데이션을 넣는 게 특징이다. 빵이 비스킷처럼 바삭하지 않고 카스텔라처럼 푹신하지도 않다. 초밥에서 밥알 틈 사이에 존재하는 공기가 초밥 맛을 좌우하듯 효모를 넣은 반죽의 숙성 과정에서 발생한 공기층이 글루텐을 만나 어떻게 조화를 이루는지에 따라 도우 질감과 색깔, 맛이 좌우된다.

나폴리 피자는 장작불로 화덕에서 굽기 때문에 불을 다루는 능력이 중요하다. 잘못하면 속이 덜 익거나 겉이 타버린다. 잘 익히려면 도우가 불에 얼마나 민감한지, 장작이 얼마나 말랐는지까지 고려해야 한다.

1984년에는 '진정한 나폴리 피자 협회'True Neapolitan Pizza Association라는 조직도 생겨났다고 한다. 한국으로 치면 '진정한 충무김밥 협회'나 '진짜 의정부 부대찌개 협회' 같은 것인 셈이다. 이 협회는 진정한 나폴리 피자의 구체적 조건을 확립했다. 예컨대 피자를 반드시 돔형 화덕에서 나무 장작으로 구워야 한다거나, 도우를 돌릴 때 기계나 도구를 사용하지 않고 손을 사용해야 한다거나, 피자 직경이 35센티미터를 넘으면 안 된다거나, 피자 한가운데 두께가 3분의 1센티미터보다 두꺼우면 안 된다는 것 등이다.

판결문을 피자에 비유하면 대법원은 '진정한 판결문 협회'라고 할 수 있다. 판결의 형식, 내용, 논리, 근거가 어떠해야 하는지에 대해 세세한 기준을 끊임없이 만들어내고 그에 맞지 않는 판결은 효력을 인정하지 않고 파기해버린다.

피자와 마피아의 공통점

19세기 이탈리아 이민자가 미국으로 진출하기 시작하면서 피자는 세계적인 음식으로 전파됐다. 일하느라 늘 바쁜 이탈리아 이민자들이 선 채로 빨리 먹고 다시 일하러 가기 편한 피자를 애용했다. 이탈리아 이민자 중에서 시칠리아 출신은 주로 시카고로 가고, 나폴리 출신은 주로 뉴욕으로 갔다. 시카고 피자는 깊이가 있는 그릇에 굽기 때문에 '딥 디시 피자'Deep Dish Pizza라고도 한다. 도우 깊이가 3센티미터나 된다. 크러스트 바깥은 바삭하지만 도우는 침대처럼 푹신하다. 도우 위는 두툼하고 육향이 그득한 소시지와 끈적끈적한 치즈가 지배한다. 채소가 설 자리는 없다. 모차렐라, 체다 등 도우에 올라가는 치즈의 양이 나폴리 피자보다 많다.

반면 뉴욕식 피자는 평평하고 크고 넓다. 보기만 해도 배가 부르다. 피자 도우도 비스킷처럼 바삭하면서 탄탄하다. 바쁜 이탈리아 일꾼이 선 채로 들고 먹어도 내용물이 흘러내리지 않도록 도우가 탄탄하게 받쳐준다. 정통 뉴욕 피자는 소시지, 치즈 외에 토핑 가짓수가 많지 않다.

이탈리아 피자의 전파 경로는 이탈리아 마피아의 신출 경로와 비슷하다. 이탈리아 마피아도 시카고와 뉴욕으로 진출했다. 영화 「대부」나 「좋은 친구들」, 미국 드라마인 「소프라노스」 등 이탈리아 마피아를 다룬 영화나 드라마는 피자만큼이나 대중적 인기를 누린다. 우리나라에서도 조폭 영화 비중이 높다. 내 경우에는 폭력이 난무한 영화를 보면 저것은 무슨 죄, 징역 몇년 정도 되겠군 하는 생각이 자꾸만 스쳐가서 관람에 방해가 되기는 하지만 그래도 즐기는 편이다. 판사가 법정에서 사건 관련자의 말을 듣는 것이 재미있지 않은 이유는 판단을 내리고 판결문을 써야 하는 부담을 진 채로 듣기 때문이다.

마피아 영화가 매력적인 이유는 여러가지가 있을 것이다. 자세히 보면 마피아가 타인과 관계를 맺고 활동하는 방식이 정치, 산업 등 일반 세상의 작동방식과 근본적으로 다르지 않다. 오히려 후자는 교양과 합법을 가장하지만, 마피아는 모든 욕망을 솔직하게 드러내기 때문에 더 담백해 보이기도 하다.

마피아 영화에서는 현실에서 좀처럼 구현할 수 없는 폭력의 향연을 볼 수 있다. 인간은 본성 깊은 곳에 폭력적 성향을 탑재하고 있다. 평소에는 평화롭게 어슬렁거릴 수 있지만 결정적인 이익을 놓고 경쟁해야 할 때는 자기보다 힘이 약한 자를 폭력으로 굴복시키고 지배하고자 한다. 다만 법과 교양과 문화와 타인의 시선의 힘으로 폭력성을 제어하고 있을 뿐이다. 이러한 제어장치가 약해지면 폭력적 본성이 치솟아 오른다.

요즘 학교에는 '일진'들이 있다지만 내가 지방 소도시에서 중학교를 다닐 때는 '조직'이라고 불리는 애들이 있었다. 어른 조직폭력배 똘마니의 똘마니 정도 될 것이다. 그래도 동년배에게는 무시무시한 존재였다. 중학교 3학년 때 같은 반 아이 중 한명이 패싸움을 하다가 사람을 칼로 찔러 죽이기도 했다. 그 아이들은 틈만 나면 담배를 피우고 침을 찍찍 뱉었다. 또 그들은 지금 생각하면 너무 이상하게도 어른 골프복을 입고 다녔다. 그것도 마치 소변기 앞에 선 것처럼 벨트를 골반 아래로 축 늘어뜨린 채로. 등하교 때는 피자 배달용으로 많이 쓰는 오토바이를 마치 할리데이비슨이라도 되는 것처럼 심각한 표정으로 멋을 부리면서 떼를 지어 타고 다니며 폭주족 흉내를 냈다. 위세를 부리면서 다른 아이들을 함부로 괴롭히거나 돈을 빼앗았다. 그들을 제압할 힘이 없었기에 모른 척 방관해야 하는 게 불편하고 화가 나고 자존감이 상했다.

그때는 폭력이 흔했다. 교사들부터 심한 폭력을 휘둘렀다. 따귀를 때리거나 발길질을 하는 것은 예사였다. 집에서도 부모에게 맞는 아이가 많았다. 요즘에는 그에 비하면 작은 폭력도 학교폭력위원회에서 다룬다고 한다. 그러면 폭력성이 줄어들어야 하는 것 아닌가. 그러나 최근 언론에서 보는 아이들의 집단 폭력은 옛날 우리가 학교 다닐 때 '조직'들이 하던 것보다 훨씬 잔인하다. 무섭다. 그 행위의 폭력성을 넘어 인간 자체가 무서워진다.

사법연수원 2년차 때 고향 검찰청 지청에서 검찰시보를 했다. 거기서 지방 조직폭력배의 계보도를 봤다. 두목, 부두목, 행동대장 등의 이름과 사진이 있었다. 서류를 보면 대단한 조직으로 보였지만 실상은 허술했다. 가령 주 활동 구역이 'ㅇㅇ 분식점' 일대였다. 그마저도 논이 없어 와해된 상태였다. 주먹보다 돈이 더 강했다. 이런 '조직'의 똘마니의 똘마니들이 내 학창시절 그 요란을 떨던 애들이었구나 싶어 한숨이 나왔다. 어느날 검찰청에 파견된 형사와 함께 그곳을 걸어가다가 깍두기 머리를 하고 사채업자처럼 두꺼운 금목걸이를 걸고 있는 뚱뚱한 사내 둘이서 중고등학생 서너명을 겁주면서 돈을 빼앗고 있는 장면을 목격했다. 나는 옆에 있는 형사를 믿고 그들 앞에 서서 "그런 거 하지 마세요"라고 하고 학생들을 보냈다. 금목걸이들이 온 얼굴에 황당함을 머금고 서로 마주 보다가 나를 위아래로 훑어보더니 거칠게 물었다. "니 뭔데?" 옆에 있던 형사가 "나쁜 놈들 잡는 분이다"라고 말했다. 그러자 금목걸이가 다시 물었다. "선생님?"

커피와 소주,
사뭇 다른 어른의 맛

나는 지금 커피전문점에서 홀로 커피를 마시면서 커피에 대한 글을 쓰고 있다. 돼지갈비, 곰탕, 칼국수에 대한 글을 쓸 때는 갈빗대로 양치를 하며, 곰탕 국물로 가글을 하면서, 칼국수 면발을 『반지의 제왕』에 나오는 간달프의 흰 수염처럼 입에 물고서 쓰지 않았다. 그래서 이번에는 '커피를 마시면서 커피에 대한 글을 쓰고 있으니 얼마나 잘 써질까' 하고 기대하지만 글이 커피 내리듯 줄줄 나오지는 않는다. 창밖에는 날이 저물어 어둑어둑하고 부슬부슬 비까지 내린다. 글쓰기 좋은 날이다.(물론 안 쓰기에도 좋은 날이다.)

나에게 커피는 글이다. 커피를 마시면서 가장 자주 하는 일이 글을 읽거나 쓰는 일이기 때문이다. 노트북으로 글을 쓰다가 글쓰기를 멈추고 생각과 감정을 길어올릴 때마다 습관적으로 커피를 홀짝거린다. 글을 쓰고 있을 때보다 쓰지 않고 있는 순간이 훨씬 더 많으므로 많은 양의 커피를 마시게 된다. 카페를 가더라도 '벤티' 사이즈를 시킨다. 그걸 다 마시고도 노트북을 보면 몇 문장 못 건진 경우가 많다.

만약 내가 천부적인 재능을 타고난 작가였다면 커피를 어떻게 마셨을지 생각해본 적도 있다. 벤티 대신 에스프레소 한잔을 들고 창가에 앉는다. 커피 한모금을 입안에 머금고 여유롭게 창밖 거리를 바라본다. 그 순간 물 반, 고기 반 저수지에 낚싯대를 집어넣은 것처럼 금세 입질이 온다. 그 누구도 생각지 못한 싱싱한 소재가 퍼드덕거리며 올라온다. 나는 이 정도는 늘 있는 일이라는 듯 아무렇지 않은 표정으로 노트북에 타이핑하기 시작한다. 손가락이 눈에 보이지 않을 정도로 빠르지만 머릿속에서 글감이 펼쳐지는 속도를 따라가기에는 힘겹다. 그러나 손가락의 통증이나 피로감을 느낄 수 없다. 글 내용에 나 자신도 흠뻑 몰입돼 있기 때문에. 채 반시간도 안 지난 것 같은데 원고지 30매 분량의 원고가 완성된다. 남은 커피를 마저 유유히 마신다. 아직 온기가 가시지 않은 상태다. 마치 조조가 따라준 술이 채 식기 전에 적장의 목을 베어 온 관운장이 마시던 술처럼.

그러나 현실로 돌아오면 커피는 차갑게 식어 있고 노트북의 텅 빈 화면 위에는 커서가 홀로 깜빡이기 시작한 지 오래다. 깜빡, 깜빡, 깜빡. 자동차를 몰고 가다가 어디로 가야 할지 몰라 켜놓은 비상 깜빡이 같다. 빵빵빵!!! 등 뒤에서 마감이라는 경적이 시끄럽게 울려대는 것 같다. 걸작을 쓰려는 야심이 있는 것도 아닌데, 내 수준 이상의 글을 쓰려고 욕심내는 것도 아닌데 왜 이리 글쓰기가 어려운지. 가수 박진영이 오디션 프로그램에서 강조한 "공기 반, 소리 반"을 "문장 반, 마음 반"으로 실천하고 싶을 뿐. "왼손은 거들 뿐"이라는 슬램덩크의 숫 가르침대로 "문장은 거들 뿐"을 실천하고 싶을 뿐.

쓸 수만 있다면 그런 글을 쓰고 싶다. 초여름, 잎이 무성한 활엽수 아래에서 고개를 쳐들고 정수리 위쪽을 올려다보았을 때 호수같이 파란 하늘을 바탕으로 시원한 초록색 잎들이 금목걸이를 두른 것처럼 햇살에 반짝거리는 장면 같은 글. 커피 이야기를 하고 있으니 커피에 비유하자면 잘 내린 커피 한잔 같은 글. 라테처럼 부드럽고, 에스프레소처럼 응축되고, 카푸치노처럼 스타일리시한 글.(아메리카노처럼 맹물이 잔뜩 들어간 글 말고.) 이처럼 좋은 글이 무엇인지에 대해 쓰는 것은 쉽다. 자기가 좋은 사람이 되기는 어려워도 어떤 사람이 좋은 사람인지 말하기는 쉬운 것처럼.

이게 대체 무슨 소리야

지금은 이렇게 에세이와 소설을 여러편 발표하고 운 좋게 문학상도 두번 받은 작가가 되었지만 학창시절에는 내가 작가가 될 것이라고는 상상도 하지 못했다. 나는 문학소년도, 독서광도 아니었다. 국영수 중에서 국어 성적이 제일 안 나왔다. 다른 작가들을 만나보면 다들 어렸을 때부터 각종 백일장을 휩쓸었다거나, 자기 글을 반 아이들이 돌려보았다거나, 하다못해 형제자매들의 작문 숙제를 도맡아 했다는 등의 추억이 있다. 그러나 나는 없다. 시나 소설은 요정이나 신선같이 고결한 사람들, 모차르트처럼 천부적인 재능을 타고난 사람들만 쓸 수 있는 것인 줄 알았다.

그래도 책 읽는 것은 싫지 않았다. 여름에 시원한 나무 그늘 아래 놓인 평상에 앉아서 책을 읽는 일, 봄가을에 옥상에 올라가서 처마 밑에 앉아 바람과 햇살을 얼굴로 느끼면서 책을 읽는 일, 겨울에 뜨끈한 아랫목에 누워서 담요를 덮고 엎드린 채 책을 읽는 일이 즐거운 일로 각인되어 있었다. 여름날 수박을 먹고, 가을에 귤과 배를 먹고, 겨울에 군고구마를 먹는 일을 싫어할 리 만무한 것처럼 책을 읽는다는 것에 거부감이 없었다.

그때 읽은 책 중에 헤르만 헤세의 책들이 있었다. 그때는 헤세가 외국 작가들 중에서 가장 먼저 꼽히는 작가였다. 청소년 권장도서 목록에도 항상 올라가 있었다. 나도『데미안』『싯다르타』『수레바퀴 아래서』『지와 사랑』『크눌프』와 같은 헤세의 책들을 읽었다. 섬세하고 고결한 헤세의 글에는 한창 감수성 예민한 청소년의 내면에 공명을 일으키는 지점이 있었다.

헤세의 소설 중에서 가장 읽기 힘들었던 책이『유리알유희』였다. 이 작품은 거의 가장 마지막에 발표된 헤세의 작품으로, 헤세가 파시즘에 부정적인 입장을 보인다는 이유로 출판되지 않다가 뒤늦게 출판되었다. 헤세는 이 작품이 나오고 난 뒤에 노벨문학상을 받았다. 노벨문학상은 특정 작품에 주는 것이 아니라 한 작가의 평생의 문학적 성취를 평가해서 주는 것이지만,『유리알유희』자체와 이를 둘러싼 출판금지 사태가 분명 노벨상 수상에 영향을 주었을 것으로 보인다. 나는 사실상 이 작품 때문에 글을 쓰기 시작했다.

이 소설은 지금으로부터 수세기가 더 지난 미래의 어느 시대, 카스탈리엔이라는 유럽 중부의 한 주(州)를 배경으로 하고 있다. 그 시대에는 예술, 철학, 종교 등 모든 정신문화가 '유리알유희'로 통합되어 있다. 무수한 경쟁과 수련을 통해서 뽑힌 한명의 유리알유희 명인이 라디오 같은 매체를 통해 전 세계 사람들의 정신적 향유를 위해 유리알유희 연기를 선보인다.(가톨릭 세계에서 교황의 미사를 생중계하는 것과 유사할지도 모르겠다.) 이 소설은 주인공인 요제프 크네히트라는 소년이 음악, 철학, 기호학, 종교 등 수많은 수련을 거치면서 유리알유희의 명인이 되어가는 평생의 일대기다.

그런데 아무리 열심히 읽어보아도 유리알유희가 무엇인지 머릿속에 그려지지가 않았다. 소설은 유리알유희를 두고 인류가 과거부터 현재까지 각 학문과 예술 분야의 정수들만 모아서 파이프오르간을 연주하듯이 종합적으로 다루는 것이며, 음악과 기호로 이루어진 것이라고만 할 뿐 그것이 시각적으로 어떻게 실현되는지에 대해서는 일절 묘사하지 않는다. 어려운 책을 고생하면서 읽었는데 유리알유희라는 제목의 뜻조차 알지 못하는 것이 억울했다. 오기가 생겨서 일곱번을 거듭해서 읽어보았지만 여전히 유리알유희가 무엇인지 속시원하게 알 수 없었다. 인터넷도 없던 시절이라 검색할 수도 없었다. 국어 선생님에게 물어보았지만 시험에 안 나온다는 말만 들었다. 더 이상 방도가 없어 유리알유희의 의미를 알아내는 것을 포기하고 남은 고교 시절 동안 잊고 지냈다.

대학에 와서도 그리 많은 책을 읽지는 못했다. 대학교 1학년 때에는 전공 공부를 일절 하지 않고 교양 과목 수업만 들었는데 그 수업의 교재를 다 읽는 것만 해도 내게는 벅찼다. 철학, 종교학, 과학사, 경제학, 미술사, 음악사, 국제정치, 사회학 같은 과목들이 모두 제각기 너무나 재미있고 범위가 방대했다. 그 와중에 유일하게 재미가 없었던 것이 문학 수업이었다. 그중 하나가 백낙청 교수님이 진행한 영문학 강의 시간이었는데, 한 학기 내내 제임스 조이스의 『더블린 사람들』 Dubliners를 읽었다. 그런데 그 소설 내용이 너무 딱딱하고, 영어 문장도 어렵고, 대체 어디서 재미를 느껴야 하는지 알 수가 없었다. 제임스 조이스가 그렇게 위대한 작가이고 『더블린 사람들』도 그렇게 위대한 작품이라는데 대체 왜 그런 것인지 교수님이 알려주었으면 좋겠는데 교수님은 그에 대해서는 아무런 설명을 해주지 않고 그저 문장을 읽고 번역을 해주실 뿐이었다. 어렵고 따분했다. 차라리 법학 논문이나 판례를 읽는 것이 더 쉬울 것 같았다. 소설이 재미있어야 소설이지 이렇게 읽는 사람을 괴롭게 만들면 그게 무슨 소설인가 하는 반항심마저 들었다.

대학교 1학년 여름방학이 되자마자 나는 첫 유럽 배낭여행을 떠났다. 지방 소도시에서 살던 촌놈이 대학생이 되어 처음 서울구경을 하고서 세상이 참 넓다는 것을 깨닫고는 내친김에 세계 일주를 할 기세였다. 유레일패스와 호텔만 잡아주는 이른바 '호텔팩'으로 38일 동안 17개국이었나, 지금 생각하면 말도 안되는 스케줄(그러나 그때는 15일에 11개국을 가는 상품도 있었다)의 여행을 떠났다. 취리히로 가는 어느 기차 칸에서 맞은편 자리에 앉은 어떤 한국인 형을 만났다. 머리에는 무스를 잔뜩 발라 높이 세우고서 당시 멋쟁이들이 입던 찢어진 청바지를 입고 헤드폰을 끼고 있었는데 의외로 눈빛이 선하고 태도가 부드러웠다. 공대생이라면서 공부보다는 전자음악을 하는 동아리 일을 더 열심히 한다고 했다. 여학생들이 좋아할 스타일 같았고 멋있어 보였다.

그때 우리가 무슨 대화를 하고 있었는지는 기억나지 않지만 그 형이 나더러 무라카미 하루키의 『상실의 시대』를 읽어본 적이 있느냐고 물었다. 나는 없다고 했다. 나는 심지어 무라카미 하루키도 처음 들어보았다고 하면서 일본 사람의 이름은 참 외우기 어렵다고 했다. 그 형은 재미있는 책이니까 꼭 한번 읽어보라고 하더니 더이상 별말이 없었다.

나는 한국에 돌아오자마자 『상실의 시대』를 읽었다. 그런데 주인공들의 정서가 도무지 이해가 안 갔다. 왜 저런 말을 하는지, 왜 저런 행동을 하는지, 왜 저 상황에서 사귀지도 않는 남녀가 갑자기 저렇게 자연스럽게 섹스를 하는지, 주인공은 어떻게 저렇게 쉽게, 많은 여자랑 섹스를 하는지, 등장인물들은 왜 자꾸 잠수를 타고 사람을 피하고 때로 자살을 하는지. 인물의 정서가 이해 가지 않으니 재미가 있을 리 없었다. 소설 속 세계는 그저 암울하고 퇴폐적으로만 보였다. 돌아보면 당시 술맛도, 음악도, 섹스도 모르고 애인과의 깊은 만남과 이별도 경험해보지 못한 내가, 무엇보다도 커피 한잔의 맛과 여유도 모르던 내가 그 정서를 이해할 수 없는 것이 당연했다. 그런데 『상실의 시대』 중에 이런 대목이 나온다.

그는 나가사와라는 이름을 가진 도쿄 대학 법학부의 학생으로서 나보다 두 학년 위였다. 우리는 같은 기숙사에 살고 있어서 자연히 서로가 얼굴만 알고 있는 그런 사이였는데, 어느날 내가 식당의 양지쪽에서 볕을 쬐며 『위대한 개츠비』를 읽고 있자니까, 옆에 와 앉아서 무엇을 읽느냐고 물어왔다. 『위대한 개츠비』라고 말했다. 재미있냐고 그는 물었다. 세번째 읽고 있지만, 읽으면 읽을수록 재미가 있다고 했다. "『위대한 개츠비』를 세번 읽는 사람이면 나와 친구가 될 수 있지" 하고 그는 자기 자신에게 이야기하듯이 말했다. 그래서 우리는 친구가 되었다.

이 대목을 읽으니 왠지 취리히의 기차 칸에서 만난 그 형은 내가 『상실의 시대』를 읽지 않았다고 했을 때 마음속으로 '『상실의 시대』를 한번도 안 읽은 녀석이면 나와 친구가 될 수 없지'라고 말했을 것만 같았다. 그러나 나는 그때 도저히 그 책을 이해할 수 없었다. 대신 위 대목을 보고서 나가사와 선배와 주인공 와타나베가 극찬한 『위대한 개츠비』는 재미있을 것 같다고 생각했다. 나는 『상실의 시대』를 중간에 덮어버리고 『위대한 개츠비』를 구해왔다. 맙소사. 『위대한 개츠비』는 읽기가 더 어려웠다. 세번은커녕 한번도 끝까지 읽을 수가 없었다. 『유리알유희』의 악몽이 떠오르면서 역시 나랑 문학은 안 맞는다는 생각이 들었다.

그러다가 대학교 3학년 때 인문대에서 독일어 수업을 들었다. 사법시험 1차 과목 중 하나인 외국어 과목을 준비하기 위해서 들었던 것이었다. 등록한 학생이 대여섯명에 불과한 수업이었다. 그나마도 학생들이 자주 결석을 했다. 어느날 다른 학생들이 모두 오지 않는 바람에 나는 그 교수님과 단둘이서 수업을 하게 되었다. 교수님은 연세가 많고 말하기를 좋아하는 분으로 평소에도 수업 외 다른 이야기를 많이 들려주었다. 그날은 학생들이 없어서 거의 다른 이야기만 하고 있었다. 그날도 독일에서 유학한 이야기를 하면서 독일에서는 여름밤이 짧아서 밤새 공부하는 것이 너무 쉽다는 말을 했던 것 같다. 그러다가 대화가 끊기고 침묵이 시작되면 나도 뭔가 말을 해야 할 것 같은 압박을 느꼈는데 그때 잊고 있었던 『유리알유희』가 떠올랐다. 나는 교수님에게 뜬금없이 "헤르만 헤세 소설에 나오는 유리알유희가 대체 무엇입니까?"라고 여쭈어보았다. 교수님은 한순간도 주저하지 않고 즉답을 했다. "유리알유희는 소설을 은유한 거야. 헤세는 소설 지상주의자야. 소설이 모든 예술을, 예술뿐만 아니라 모든 가치를 아우를 수 있는 통합적인 양식이라 본 것이지. 나는 헤세 별로 안 좋아해."

유레카! 교수님은 헤세를 안 좋아한다고 했지만 예술, 철학, 종교 등 모든 정신문명의 정수를 뽑아놓은 유리알유희가 소설 쓰기가 될 수 있다는 말은 꽤나 그럴듯하게 들렸다. 과연 소설은 예술, 철학, 종교 등 모든 걸 담아낼 수 있다는 생각이 들었다. 현재의 사회 문제를 조명할 수도 있고 가상의 사회를 설정해서 대안을 제시할 수도 있을 것 같았다. 유리알유희 명인이 세상 사람들에게 정신적 기쁨을 선사하듯이 작가도 책 한권을 통해서 수많은 불특정 다수의 사람들과 정신적으로 소통할 수 있을 것 같았다. 고등학교 때 『유리알유희』를 일곱번 읽으면서 나도 모르는 사이에 인간이 할 수 있는 가장 고결한 작업이라고 믿게 되었던 유리알유희의 자리를 그 순간부터 소설이 대체하게 되었다.

쓰기 전에는 알지 못했던 것

그날부터 당장 소설을 써보고 싶어졌다. 사실 법대를 온 것은 내 희망에 따른 선택이 아니었다. 부모님과 선생님이 정한 전공이었다. 법조인이 되고 싶은 생각도 별로 없었다. 오히려 재미가 없고 엄숙하기만 할 것 같았다. 그래서 법대를 온 것에 대해서, 법조인의 길을 걷는 것에 대해서 만족스럽게 생각하지 못하고 있었다. 그렇다고 내가 달리 되고 싶은 무언가가 뚜렷이 있는 것도 아니었다. 대학에 와서는 그저 막연히 뭔가 다른 일을 해보고 싶었다. 재미있는 아이템으로 사업을 해보고 싶다는 생각도 했었다. 그러나 대학생인 나에게는 아무런 자본도, 기술도, 경험도 없었다. 일단 법대에 왔으니 법률가의 자격이라도 획득하고 다른 일을 찾아보자는 정도의 생각을 하던 중이었다. 그런데 소설을 쓴다는 것은 그리 어려운 준비과정이 필요한 일이 아니었다. 공책과 연필과 시간만 있으면 가능한 일이었다.

나는 그길로 학생회관에 있는 문구점에 찾아가서 두꺼운 노트 한 권을 샀다. 문구점에 가는 길, 노트를 사서 들고 오는 길에 가슴이 두근두근 뛰었다. 나는 짬이 날 때마다 거기다 조금씩 소설을 써보았다. 생각보다 어려웠고, 그래서 생각보다 재미가 있었다. 처음에는 고시

공부를 하다가 머리를 식히려고 소설을 썼는데 차츰 소설을 쓰는 시간이 늘어나더니 반대로 소설을 쓰다가 머리를 식히려고 공부할 때도 생겼다. 그렇다고 해서 고시공부를 다 집어치우고 소설을 쓰거나 할 정도는 아니었다. 내가 진짜 작가가 될 수 있다는 생각은 조금도 하지 못했기 때문에 그렇게 무모한 선택은 할 수 없었다.

원고가 어느 정도 모이면 나는 학교 컴퓨터실에서 컴퓨터로 원고를 타이핑하면서 정리했다. 그렇게 서너달 정도 지나니 짧은 소설 한편이 거의 완성되었다. 학창시절에 친했던 두 남자와 한 여자가 성인이 된 뒤에 한 남자는 죽고 남은 남자와 여자가 결혼해서 사는 이야기였다. 제목이 '배려'였고 주인공 이름이 '서초'라는 점만 생각해도 손발이 다 닳아버리고 온몸이 후들후들 떨리는 소설로 지금은 흔적을 찾을 수 없다는 것만이 안도를 주는 글이었다.

소설의 마지막 페이지를 쓰던 날에는 평소 자던 시간보다 한참 늦은 시간이었지만 조금만 더 쓰면 끝낼 수 있을 것 같아서 버티다보니 어느새 새벽이 되었다. 학창시절 숱하게 시험공부를 하면서도 체력이 달려서 밤을 새워본 적이 없었는데 소설을 쓰면서 처음으로 밤을 새운 것이었다. 커피 한잔 마시지 않고 오렌지주스만 마시면서.(그때는 카페를 가더라도 늘 오렌지주스를 주문했다.)

그렇게 첫 소설을 완성한 다음 기숙사 휴게실로 가서 프린터로 출력했다. 몇차례 덜거덕거린 프린터가 찌징찌징 하는 소리로 새벽의 고요를 깨며 활자로 가득한 A4 용지를 한장씩 토해냈다. 종이를 만져보니 따뜻했다. 마치 새벽에 빵집에서 구워낸 모닝빵의 온기처럼 느껴졌다. 나는 다른 학생들이 깰까봐 마음을 졸이면서도, 내가 쓴 소설이 하얀 종이 위에 반듯한 활자로 찍혀나오는 것을 보고 마치 나의 첫 책이 출간되기라도 한 양 기분이 모닝빵처럼 부풀어 올랐다. 그 초고를 책가방에 넣고 산속으로 난 오솔길을 지나 학교로 가던 길을 아직도 잊을 수가 없다. 보통은 기숙사 매점에 들러서 아침으로 갓 구운 토스트와 오렌지주스를 한잔씩 먹고 갔는데, 나도 모르게 그 끼니도 걸렀다. 밤새 잠을 한숨도 못 자고 밥 한 숟가락 못 먹었는데도 몸이 둥실둥실 떠다니듯 가벼웠다. 가는 길에 별로 친하지 않던 친구를 만났는데 나도 모르게 너무나 반갑게 인사하게 되었다.

이 소설은 2년 뒤 내가 사법연수원생이 된 직후 최초로 개최된 행정자치부 주최 공무원문예대전에서 대상도, 최우수상도, 우수상도 아닌 '장려상'을 받았다. 그러나 그것이 그 이전까지의 그 어떤 성취보다도, 사법시험을 합격한 것보다도 훨씬 더 기뻤다. 공부가 아닌 다른 일로, 내가 하고 싶어서 한 어떤 일로 작지만 공식적인 인정을 받았기 때문이었다. 나는 말 그대로 '장려'되어 이후 20년이 지난 지금까지도 계속 글을 쓰게 되었다. 아마 장려상 받은 사람 중에 나만큼 장려된 사람은 없을 것이다.

그로부터 10년 정도가 지났을 때 김영하 작가가 『위대한 개츠비』를 번역했다는 소식을 듣고 읽어보게 되었다. 김영하 작가의 글은 잘 읽히는 편이니까 그가 번역했다면 읽을 만할 것 같다는 생각이 들었다. 역자의 말도 마음에 들었다. 김영하 작가 자신도 『위대한 개츠비』의 한글 번역본을 읽다가 인물들이 선명하게 잡히지 않아서 끝까지 다 읽지 못했다고 쓴 구절을 보고 나만 그런 것이 아니었구나 하고 위로가 되었다. 김영하 작가는 한글본이 아닌 영문본을 직접 읽어보니 인물들이 생생하게 살아 있는 것처럼 느껴졌다고 했다. 그리고 한글본의 어려움은 존댓말 같은 한국어에 내재된 위계와 『위대한 개츠비』가 나온 백년 전과 현재의 시간적 격차 때문이라고 했다. 대형서점에 갔을 때 고등학생들이 『위대한 개츠비』가 "졸라" 재미없다고 하는 말을 듣기도 했는데 결코 그렇지 않다는 것을 보여주고 싶었다고 했다. 상류층 여자를 가지고 싶어서 급히 돈을 모아 상류층 생활을 했던 주인공 제이 개츠비가 신생 미국을 상징한다는 해석도 흥미로웠다. 나는 김영하의 번역본과 영문본을 함께 읽었다. 과연 이번에는 즐길 만했다. 내용도 파악하기가 쉬워졌고 인물의 캐릭터도 좀더 선명해졌다. 플롯도 재미있었다. 그럼에도 이 소설이 왜 미국문학을 대표하는 작품으로 그토록 찬사를 받는지는 도저히 이해할 수 없었다.

그래도 어쨌든 『위대한 개츠비』를 두번 읽은 셈이었다. 그러고 나니 『위대한 개츠비』를 세번 읽는 사람이면 친구가 될 수 있다고 했던 『상실의 시대』 속 나가사와 선배의 말이 떠올랐다. 나는 마치 『위대한 개츠비』를 두번 읽었다고 말하려고 나가사와 선배를 찾아가듯이 『상실의 시대』를 다시 찾아 읽었다. 그랬더니 이제는 술술 읽히기 시작했다. 그사이 여자를 몇번 사귀고 또 헤어지고, 소설을 두세편 쓰고, 섹스와 술과 담배를 경험하고, 삶의 허무와 고독과 속박을 맛보기 시작한 덕분인지도 몰랐다. 그러나 그 작품이 아주 좋다는 생각은 여전히 들지 않았다.

그로부터 몇년 뒤 레오나르도 디카프리오가 주연한 영화「위대한 개츠비」를 보게 되었다. 영화를 보고 난 뒤에 다시 소설『위대한 개츠비』를 읽고 싶어졌다. 영문본을 찾아서 읽었다. 그때서야 보였다. 때로는 초승달처럼 섬세하게, 때로는 반달처럼 우아하게, 때로는 보름달처럼 환하게 반짝거리는 피츠제럴드의 스타일리시한 문장들이. 어떻게 백년 전의 문장들이 이렇게 찬란하게 빛을 잃지 않을 수 있는 것인지. 한국 문단의 기존 소설들이 한자어, 관념어로 가득하던 가운데 순수 우리말과 쉬운 일상어 위주로 쓰인 김승옥의「무진기행」이 수채화처럼 청량한 느낌을 던져주었던 것이 연상되기도 했다. 순수하면서도 다소 철이 없는 데이지와 같은 인물은 생동감과 매력이 넘쳤고 그녀가 던지는 대사와 예상을 뛰어넘는 행동은 톡톡 튀었다. 사실 연애소설이 예술성을 쟁취하기는 쉽지 않다. 또 인류사가 곧 연애사인 만큼 이야기가 차고 넘쳐 까딱하면 식상해지거나 과해진다. 그런데 피츠제럴드는 경쾌한 리듬을 타고, 그 스타일리시한 문장과 인물들로 (보기에는) 수월하게 통상의 수준을 훌쩍 넘어버렸다. 밤하늘로 치고 올라가 생각했던 것보다 훨씬 높은 지점에서 훨씬 크게 터지는 폭죽처럼.

어쨌거나 나는 마침내『위대한 개츠비』를 세번 읽은 셈이었다. 비로소 나가사와 선배와 친구가 될 자격이 생긴 것이다. 나는 이어서『상실의 시대』를 또 읽었다. 이제는 스포츠음료를 마시듯 수월하게 흡수되었다. 그사이 결혼생활을 십여년 하고 소설을 몇편 더 썼기 때문이기도 했지만, 무엇보다도 그사이 커피 한잔이 주는 맛과 향과 여유를 즐길 줄 알게 되었기 때문인 것 같다. 그런데 이번에는 여유가 생겨서 나가사와 선배와 친구가 되면 뭐가 좋은 건지를 유심히 보게 되었다. 그는 주로 술집에 친구를 데리고 나가서 헌팅을 하고 섹스를 했다. 일흔번 이상. 결국 나는 그러려고 그 오랜 세월에 걸쳐 『위대한 개츠비』를 세번 읽었던 것인가.

아폴론의 커피와 디오니소스의 소주

어린 시절, 아버지의 친구분들 모임에 따라갈 때가 있었다. 아버지 친구분들은 다방에 전화해서 커피를 시켰다. 스쿠터를 타고 온 여성 종업원이 보자기를 펼치면 그곳이 다방이 됐다. 아버지께선 "커피는 어른들만 마시는 거"라면서 나에게는 내 얼굴처럼 희멀건 마차나 율무차를 시켜주셨다. 그런 차들은 고소하고도 달았다. 그러나 아버지가 자리를 비울 때 몰래 마셔본 커피는 맛이 썼다. 몰래 마셔본 소주처럼. 커피와 소주의 쓴맛을 구별하지 못하던 때였다. 의아했다. 어른들은 왜 쓴 것을 좋아할까. 내가 중얼거리자 아버지 친구분이 말했다. 그것이 인생의 맛이라고.

스무살이 넘으니 내 친구들도 커피를 마셨다. 낮에는 커피를 마시고 밤에는 소주를 마셨다. 소주를 마시는 것보다 커피를 마실 때 더 성인이 된 것처럼 보였다. 그러나 나는 커피를 마시지 않았다. 카페인 같은 물질이 내 몸에 들어가서 인위적으로 정신을 각성시키는 것이 찝찝했다. 왠지 내 영혼의 안방을 남에게 내주는 것 같았다.(그러면서도 술 마시는 것에는 왜 거부감이 없었을까. 영혼이 가출을 해도 아랑 곳하지 않았으면서.)

판사가 된 뒤에도 오랫동안 커피를 마시지 않았다. 그 이유는 기본적으로 이전과 마찬가지였지만 추가된 이유 한가지는, 커피를 마셔서 각성이 되면 마음속 사회통념에 대한 균형감각의 저울 바늘이 평소보다 더 냉정하고 엄격한 쪽으로 움직일 것 같아서였다. 내 마음속에 오랫동안 자리 잡고 있는, 합리적으로 설명하기 어려운 부분이다. 그럴 능력도 없지만, 지나치게 정확하고, 똑똑하고, 엄정하고, 완벽하고, 아귀가 딱딱 맞아떨어지는 것에 대해서 거부감과 불안감이 있다. 수학 문제는 딱딱 떨어져야 정답 같은데, 세상이나 인간 문제는 그러면 이미 정답이 아니라는 선입견이 박혀 있는 것 같다.

법정에서 만나는 범죄 중 상당수는, 특히 폭력 범죄의 대부분은 범죄자가 술에 취한 상태에서 발생한다. 커피전문점에서 커피를 마시다가 고래고래 욕설을 하고, 커피에 취해 사람을 때리거나 칼로 찌르고, 커피를 마시고 경찰서를 찾아가 벌거벗고 행패를 부린 피고인을 본적은 없다. 그런 짓을 한 범죄자는 대개 술에 취해 있었다. 그런 사람을 맨정신도 아니고 커피를 마셔 평소보다 각성된 상태에서 냉정하게 판단하면 뭔가 균형이 안 맞는 것 같았다. 커피를 마신 사람이 보는 세계와 소주를 마신 사람이 보는 세계는 다르다. '커피의 세계'는 이성과 질서가 지배하고, '소주의 세계'는 감성과 즉흥이 지배한다.

술을 마시고 저지른 범죄를 셀 수 없이 많이 봤지만 범죄자가 워낙 특이해서 기억에 남는 경우가 왕왕 있다. 어느 오십대 피고인은 음주

측정을 거부했다는 이유로 기소되었다. 그러나 그 피고인은 음주측정에 충실히 응했다고 주장했다. 그런데 경찰이 촬영한 영상을 보니 피고인이 음주측정기에 바람을 불기는 부는데 입술을 잔뜩 오므린 채 테이블 위 크리넥스 한장도 들썩이지 못할 정도로 아주 가느다랗고 느린 입김을 30분째 불고 있었다. 내가 피고인에게 물었다. "왜 이렇게 바람을 약하게 불었습니까? 음주 정도가 측정이 안되도록 일부러 약하게 분 것 아닙니까?" 그러자 피고인이 대답했다. "그때는 심장이 안 좋아서 바람을 약하게 불 수밖에 없었습니다. 그때는 심장이 참 안 좋았지요." 그러나 음주측정을 하기 이전의 장면에서 피고인은 스스로 옷을 다 벗더니 흰 팬티만 입고 눈은 뱀파이어처럼 붉게 충혈된 채 경찰서 전화기 줄을 목에 감고 경찰관의 책상 위에 올라가서 타잔처럼 뛰어내리기를 반복했다. 그것을 보면 아무래도 심장이 안 좋은 사람 같지는 않았다.

술에 취해서 행패를 부리거나 폭행을 했으면서도 술을 깨고 난 뒤에는 자신은 절대 그런 짓을 하지 않았다고 우기는 피고인들이 셀 수 없이 많다. 그나마 요즘은 CCTV에 찍힌 경우가 많아서 다툼이 오래가지 않고 정리되곤 한다. 피고인이 자신은 평소 힘이 없어서 다른 사람에게 손끝 하나 대지 못한다고 주장하는데 막상 CCTV를 보니 도움닫기를 해서 소파를 뛰어넘어 그 뒤에 서 있던 상대의 가슴을 차서 쓰러뜨린 경우도 있었다. (마이클 조던이 덩크슛 하듯 체공시간이 길었다.) 법정에서 영상을 튼 다음 내가 피고인에게 이제는 인정하느냐고 물어보니 그렇지 않다면서 이렇게 변명한다. "재판장님, 저 화면을 잘 보십시오. 피해자가 가슴 앞으로 서류봉투를 들고 있는데 저는 그 봉투를 차려고 했던 것입니다."

술을 마실 때마다 돈을 안 내고 도망가서 무전취식으로 상습 사기죄를 저지르는 사람도 의외로 많다. 이런 사람들의 범죄경력조회를 보면 똑같은 '사기죄'가 한 페이지에 열개 정도씩 기록되어 있고 그런 페이지가 여러장을 채운다. 언젠가 이런 피고인을 재판하는데 그 피고인이 불안했는지 이렇게 말했다. "재판장님, 제가 아무래도 술 귀신이 씐 것 같습니다. 이번에 한번만 봐주시면 굿을 하겠습니다. 물어봤는데 150만원은 있어야 한대서 돈을 모으고 있습니다. 돈을 다 모으면 꼭 굿을 하겠습니다. 한번만 봐주세요."

전과 19범이던 어느 피고인도 잊기 어렵다.

"판사님, 지금은 우리나라 법치주의의 위기라고 생각합니다."

"왜죠?"

"술집에서 소란 좀 피웠다고 저보다 나이도 어린 경찰이 다짜고짜 신분증 제시를 요구하다니요."

범죄가 술에 취한 상태에서 많이 저질러지지만 그렇다고 소주의 세계가 나쁘다는 말은 아니다. 술을 마시는 사람 대부분은 사실 죄를 저지르고 있지 않다. 그들은 술의 힘을 빌려 희로애락을 적극적으로 표출하고, 상대에게 사랑과 우정을 솔직하게 고백하고, 가슴에 난 상처를 달래고, 삶을 즐긴다. 커피적 인간보다 소주적 인간에게 인간적으로는 더 끌린다. '배우신 분'들은 니체를 인용해 아폴론적 세계와 디오니소스적 세계의 구별을 말한다. 아폴론은 이성적인 지혜의 신인 반면, 디오니소스는 열정적인 술의 신이다. 아폴론과 디오니소스 모두 제우스의 자식이지만 아폴론의 어머니가 신인 것과 달리 디오니소스의 어머니는 인간이다. 그래서 디오니소스는 늘 방황하고, 좀 더 인간적이다.

모든 인간은 커피의 세계와 소주의 세계를 오간다. 인간을 판단할 때는 두 세계를 모두 고려해야 한다. 헬라인들도 델포이 신전에서 연중 절반은 아폴론을, 나머지 절반은 디오니소스를 모셨다. 그래서 인간에 대해서 이야기하려면 소주의 세계와 커피의 세계를 모두 고려해야 한다. 작가도, 판사도 마찬가지이다.

그러나 아무래도 내가 판사로서 법복을 입고 있을 때에는 (제아무리 커피를 안 마신다 해도) 커피의 세계, 아폴론의 세계, 지나치게 의로운 세계 속에 치우쳐 머물게 된다. 디오니소스적인 측면을 고려하기는 하지만 결국 내가 쓰는 판결문은 세상의 질서와 일의 원칙과 사람의 도리를 말하고 (나도 못하면서) 그에 미치지 못하는 피고인을 저격한다. 그러나 지나치게 각성된 논리는 사람을 필요 이상으로 잔인하게 베고 만다. 인간의 논리는 언어에 기반을 두고, 언어는 단조롭고 단편적이므로, 논리적이라고 해서 꼭 진실과 정의를 담보하는 것도 아니다. 반면 작가로서 글을 쓸 때에는 (아무리 커피를 마신다고 해도) 소주의 세계, 디오니소스의 세계, 희로애락의 감정으로 충만한 세계, 의로움의 강박이 없는 세계(『죄와 벌』 『카라마조프의 형제들』 『이방인』 등 무수한 걸작들도 심각한 범죄 이야기가 주축을 이룬다) 쪽에 치중해서 머물게 된다. 여기서 쓰는 글은 불완전한 세계 속에서 비틀거리는 흠결 많고 미성숙한 나 자신과 다른 인간 군상들을 그린다.

헤이그의 톰

7세기경 에티오피아의 카파^{Kaffa} 지방에 염소 치는 소년 칼디가 살았다. 어느날 염소들이 유난히 흥분해 이리저리 뛰어다니고 밤에 잠을 자지 않았다. 자세히 보니 염소들이 빨간 열매가 달린 나무 잎사귀를 따먹고 있었다. 칼디가 직접 먹어보니 과연 정신이 맑아지고 힘이 났다. 이웃 이슬람 사원에서 수련하며 만성 피로를 느끼던 승려들도 이를 즐기게 됐다. 이것이 커피의 기원이라고 한다.

내가 커피를 마시기 시작한 것은 네덜란드에 있는 유엔 국제형사재판소에서 일할 때부터다. 보스니아의 카라치치라는 대통령에 대한 재판을 맡았던 재판부의 동료들은 판결문을 작성하느라 이슬람 사원에서 수련하던 승려들처럼 만성적 피로를 느끼고 있었다. 사건 기록이 수십만 페이지이고 최종 판결문이 3천 페이지나 될 정도로 분량이 많았기 때문이다. 동료들은 하루에도 너덧번씩 사발 같은 컵에 커피를 마셨다. 거기 끼려다보니 나도 커피를 마시지 않을 수 없었다.

처음에는 주로 카페라테를 마셨다. 그런데 어느날 아침 연세가 여든 가까이 된 이탈리아 학자 출신 재판관이 휴게실에서 모닝빵과 카페라테를 먹고 있던 나를 보고 검지를 들어 올려 좌우로 흔들면서 아침에는 카푸치노를 마시는 것이라고 했다. 크루아상과 함께. 그 뒤로는 아침이면 늘 카푸치노를 먹었다. 크루아상과 함께. 그렇게 먹고 있으니까 유럽인이 된 것 같은 느낌이 들었다.

그러던 어느날 국제재판소 앞에 스타벅스가 생겼다. 내가 옆방 동료들에게 그곳 커피를 한잔씩 돌렸다. 라테, 카푸치노, 아메리카노를 섞어서 여섯잔을 가져왔다. 옆방에는 아주 성격이 까칠한 외국인 동료가 있었다. 똑똑하기는 한데 말은 참 정이 떨어지게 하는 스타일이었다(한국말은 못 읽겠지). 그녀에게도 커피를 하나 고르라고 했다. 그녀는 커피들을 힐끔 쳐다보더니 자기는 커피에 우유가 들어가면 안 먹는다고 하면서 에스프레소는 없느냐고 물었다. 커피에 우유를 타 먹는 사람은 커피 맛을 모르는 것이라고 덧붙이면서. 항상 우유를 탄 커피만 먹던 나로서는 그 말에 기분이 나쁘면서도 다음부터 우유를 탄 커피는 먹지 말아야겠다는 생각을 했다. 아침에 카푸치노를 마실 때만 빼고(역시 크루아상과 함께).

유럽의 카페에서는 '아메리카노'를 따로 팔지 않고 그냥 '커피'를 파는데 그것이 말하자면 에스프레소다. 잔이 아주 작다. 색과 양과 질감이 어릴 적 학교 앞에서 팔던 뽑기 국자를 닮았다. 예전에 한국에서 에스프레소를 마시면 재떨이에 떨어진 재를 맛보는 것처럼 어딘가 씁쓸한 찌꺼기 같은 맛이 났다. 그러나 유럽에서 먹어본 에스프레소는 대개 고소하고 깔끔했다. 이탈리아를 여행할 때는 휴게소에서 마신 1유로짜리 에스프레소가 그렇게 맛있을 수 없었다.

에스프레소에 뜨거운 물을 부은 것이 아메리카노다. 아메리카노의 유래에는 몇가지 설이 있다. 하나는 제2차 세계대전 때 이탈리아에 파견된 미군 병사들이 이탈리아 사람들이 마시는 에스프레소가 너무

진해서 뜨거운 물로 희석시켜서 먹곤 했는데 그 커피에 이탈리아 사람들이 붙인 이름이 아메리카노라는 것이다. 그 이름에는 이탈리아 사람들의 시각에서 커피를 제대로 먹지 못하는 미국인들을 얕잡아보는 뉘앙스가 담겨 있다고 한다. 어떤 사람은 이백년 전에 미국으로 건너간 이탈리아 노동자들이 돈이 없어서 커피를 되도록 많은 사람들과 나누어 먹으려고 물을 부어서 마신 것이 아메리카노가 되었다고 설명한다.

또다른 설명은 미국의 보스턴 차 사건으로 촉발된 반영反英감정 때문이라는 것이다. 보스턴 차 사건은 1773년 미국 주민들이 보스턴 항구에 정박 중이던 영국 동인도회사의 배를 습격해서 차 상자를 모두 바다에 버린 사건이다. 그 이전까지 미국 사람들은 영국의 영향으로 커피 대신 홍차를 주로 마셨다. 그런데 영국 정부가 갑자기 동인도회사에 차 무역 독점권을 주면서 차에 대해 고율의 수입관세를 부과했다. 그러자 차를 수입하던 미국인 업자들이 몰락하게 되고 일반 미국인들도 일상에서 마시던 홍차 값이 폭등해서 어려움을 겪게 되었다. 이에 미국에서 반영감정이 폭발해 보스턴 차 사건이 일어나고 영국 홍차에 대한 대대적인 불매운동이 일어났다. 이제 사람들은 홍차 대신 다른 음료를 찾기 시작했는데 그것이 커피였다. 영국의 홍차 대신 네덜란드와 프랑스의 커피가 미국에 밀려들어오기 시작했다. 그러나 홍차의 흔적은 하루아침에 지워버릴 수 있는 성질의 것이 아니었다. 사람들은 커피를 마실 때에도 최대한 홍차와 비슷하게 마시고 싶어했다. 그래서 에스프레소에 뜨거운 물을 부어서 커피의 색깔도, 맛도 홍차에 가깝게 만들었는데 이것이 아메리카노가 되었다는 것이다.(그러니까 우리나라로 치면 반일감정이 폭발해서 일본 라멘을 먹지 않고 대신 중국의 짜장면을 먹자는 운동이 벌어졌는데 짜장면을 최대한 라멘처럼 보이게 하려고 짜장면에 돼지 뼈를 우려낸 육수를 넣고 계란 반쪽과 옥수수와 김과 돼지고기 수육도 넣어서… 아, 아무래도 이건 아닌 것 같다.)

국제재판소 앞에 새로 생긴 스타벅스에 커피를 맛보러 처음 간 날이었다. 금발의 백인 남성 점원이 내 이름을 물었다. 한국에서는 경험하지 못하던 일이라 의아해하면서도 나는 혹시 추첨을 통해서 개업 기념 선물이라도 주려는가 싶어서(지금 돌아보니 그때는 대체 무슨 근거로 그렇게 구체적으로 희망을 가졌는지 모르겠다) 이름을 말해주었다. "재민, 정." 그랬더니 철자까지 물어본다. "J.A.E.M.I…" 이렇게 알파벳 하나씩 말하려니 시간이 오래 걸렸다. 그래도 혹시 그가 개업 기념 선물을 줄지 모른다고 생각하고 성의 있게 철자를 알려줬다. 그런데 점원은 내 이름을 종이컵에 적고 있었다. 잠시 후 커피가 나오자 그 이름을 불러서 주었다. 다음날 다시 그 커피숍에 갔는데 똑같은 상황이 반복됐다. 추첨해서 선물 주는 게 아니란 걸 알고 나니 슬슬 짜증이 났다.

국제재판소에서 이런 말을 했더니 동료들이 군이 본명을 댈 필요 없이 '톰' '제인'같이 아무 이름이나 대면 된다고 했다. 유레카! 다음날 커피전문점에 갔을 때 내 이름을 묻는 점원에게 말했다. "아이 엠 톰." 처음 영어를 배운 중학생 때 봤던 빨간 기본영어 책 맨앞에 나오던 그 간단한 문장, 아이 엠 톰. 그것을 국제재판소에서 써먹다니. 그때 헛수고를 한 것이 아니었구나. 내 말에 점원은 단번에 'Tom'을 컵에 적었다. 성가시게 철자를 일일이 묻지도 않았다. 커피가 나오자 그가 '톰'을 불렀고 내가 다가가서 잔을 받았다. 누구도 의심하지 않았다. 그곳에서 나는 완벽히 '톰'이었다. 김춘수 선생의 시 「꽃」에 나오는 대목을 빌리자면, "그가 나의 이름을 불러주었을 때/나는 그에게로 가서/톰이 되었다."

그렇게 일주일 정도 지나니 이제는 내가 가게에 들어서자마자 점원이 "굿모닝, 톰"이라고 할 정도가 됐다. 나는 그렇게 한달 정도 '톰'으로서의 인생을 살았다. 톰 크루즈 형님과 이름이 같다고 생각하니 이제 '명'실공히 글로벌 시대 국제사회의 일원, 진정한 국제기구 근무자가 된 것 같았다. 텔레비전에서 미국이 쏘아 올린 '제미니' 우주선을 보고 어감이 좋다고 내 이름을 지었다는 아버지가 보시면 자랑스러워하지 않을까 생각했다.

그런데 동료들에게 이 이야기를 해주었더니 다들 깔깔 웃었다. '톰'과 '제인'은 쉬운 이름의 예시로 든 것이고(우리로 치면 '철수'나 '영희'같이) 요즘 시대에는 구식 이름이라는 것이다. 나는 그들에게 그럼 요즘 젊고 잘생기고 똑똑하고 돈도 많은 친구들이 자주 쓰는 이름이 뭐냐고 물었다. 누군가가 '마틴'이라 했다. 다음날 커피숍에 갔을 때 "굿모닝, 톰"이라 인사하는 점원에게 정색하고 말했다. "사실을 말하자면, 저는 톰이 아닙니다." 그러자 그가 껄껄 웃으며 말했다. "사실, 저도 당신이 톰이 아닌 걸 알고 있었습니다." 다시 내가 말했다.

"아이 엠 마틴." 그가 정색하고 말했다. "익스큐즈 미?(뭣이라?)"

청춘 때는 커피를 마실 줄 몰랐다

이 글을 마무리 짓기 위해 봄날의 일요일 아침에 거실 유리문 옆에 놓인 테이블 앞에 앉았다. 아파트 층수가 높은 편이라서 하늘이 잘 보인다. 구름이 끼었지만 화창한 편이다. 거실 가득 볕이 드니 따뜻한 느낌이 든다. 햇볕을 최대한 느껴보려고 검정 반바지에 회색 반팔 셔츠를 입고 있다. 전깃줄에 앉은 참새처럼 햇볕을 피부로 느끼면서 구름이 지나가는 모습을 보는 것을 좋아한다.

초등학생 딸은 아내가 정성껏 다려놓은 내 와이셔츠를 두 다리에 두르고 따뜻하다면서, 자신이 이대로 삶은 달걀이 될 것 같다고 말한다. 아들은 제 방에서 컴퓨터 게임을 하면서 팀플레이가 잘 안되는지 소리를 높여가며 화면 너머 친구와 대화를 한다. 내 바로 옆에 놓인 의자에는 1미터짜리 펭수가 앉아서 내가 틀어놓은 음악을 즐기고 있다. 가로가 더 긴 직사각형 스피커는 크기는 작지만 음이 또렷하게 전달되어서, 음악을 들을 때면 종종 티브이를 보듯이 빤히 스피커를 쳐다보게 만든다.

갈수록 음악의 힘이 위대하다는 것을 깨닫게 된다. 자동차로 출퇴근할 때는 꼭 음악을 틀어놓는다. 그러면 창밖으로 보이는 건물이며, 자동차며, 사람과 같은 모든 사물들이 정서와 생명을 부여받는 느낌이 든다. 음원사이트에 들어가면 평생 쉬지 않고 들어도 다 듣지 못할

음악들이 바닷가의 모래처럼 빼곡하게 리스트를 채우고 있다. 그 음악들이 각기 다르다는 것도 너무 신기하고, 그중에 아무 음악을 선택해도 나름의 질서와 감성과 세계를 내포한 선율이 아름답게 흐른다는 것도 경탄스럽다.

학교 다닐 때에는 공부하느라고 여유가 없어서 음악을 즐기지 못했다. 음악을 잘 알지도 못했다. 그저 「가요톱텐」에 나오는 가요 정도 알 뿐이었다. 이문세가 진행하는 「별이 빛나는 밤에」나 변진섭이 진행하는 「밤을 잊은 그대에게」와 같은 인기 라디오 프로그램을 듣고 싶었지만 지방에서는 일요일을 빼면 방송되지 않았다. 지방방송국이 자체적으로 「별이 빛나는 밤에」를 매일 밤 하기는 했지만 오전, 오후로 뉴스를 전해주던 아나운서가 진행해서 뉴스처럼 딱딱했다.

그나마 가장 열심히 들었던 것이 「배철수의 음악캠프」였다. 특히 빌보드 차트 곡들을 듣고 있으면 시골에서 뉴욕과 같은 세계의 중심으로 직행하는 느낌이 들었다. 그 덕분에 좋아하게 된 밴드 중 하나가 퀸이었다. 나는 그들의 곡 「보헤미안 랩소디」Bohemian Rhapsody를 테마로 동명의 장편소설을 쓰기도 했다. '배캠'에 나오는 팝송들을 공테이프에 녹음해서 '마이마이'라는 카세트에 넣고는 버스를 타고 오갈 때 제일 뒷자리에 앉아 이어폰을 귀에 꽂고서 머리를 기댄 채 듣곤 했다. 그러면 허름한 주변의 풍경이 순식간에 뮤직비디오의 풍경처럼 낭만적으로 바뀌고 나는 그 장면 안으로 들어간 듯 마술적인 느낌이 들곤 했다.

커피를 좋아하게 된 이후로는 커피향이 음악의 구실을 한다. 아침에 내린 커피를 입구가 큰 머그잔에 가득 담아놓았더니 향기가 잘 퍼진다. 감미로운 커피향이 퍼지면 내가 있는 공간이나 눈에 보이는 풍경들이 감미롭고 근사해진다. 심지어 함께 있는 사람도. 모닥불을 피워놓으면 열이 미치는 공간적 범위에 따뜻한 생동감이 스며드는 것과 같다. 커피를 마시면 머리가 각성되고 심장이 빨리 뛰지만 이상하게 마음이 안정된다. 이십대에는 지금처럼 커피 한잔을 천천히 마실 줄조차 몰랐다. 그러니 어떻게 연애를 제대로 하고, 『위대한 개츠비』와 『상실의 시대』와 『더블린 사람들』을 즐기겠으며, 삶의 맛을 알 수 있었겠는가. 지금은 비록 날로 굳어가는 지성과 감성, 떨어지는 체력에 아쉬움을 느끼지만, 그럼에도 불구하고 나는 커피 맛을 모르던 청춘을 커피 맛을 아는 중년과 바꾸고 싶지 않다.

이 글에서 줄곧 '혼밥판사'의 이야기를 했지만 사실 저는 수년 전에 판사직을 그만두고 행정부 관료로 일하고 있습니다. 판사로서의 삶이 싫어서는 아니었습니다. 오히려 좋은 것이 훨씬 더 많았습니다. 판사로 지내면서 제 나이와 깜냥에 비해 과분한 대접을 받았습니다. 실제보다 더 반듯하고 지혜로운 사람인 것처럼 존중받았습니다. 무엇보다도 법정 안팎에서 거짓말을 할 필요가 없었습니다. 그저 제가 옳다고 믿는 바대로 판결을 내릴 수 있었습니다. 그래서 한해 한해 갈수록 판사의 일이 더 좋아졌습니다. 그럼에도 판사를 그만둔 가장 근본적인 이유는 인생이 한번뿐이기 때문이었습니다. 유럽 여행을 갈 때 처음 간 프랑스 파리가 좋다고 시종 파리에만 머무르는 것은 좋은 선택이 아니라고 생각했습니다. 이탈리아의 나폴리로, 체코의 프라하로도 가보는 것이 좋다고 생각했습니다.

그리고 무엇보다도, 좀더 사는 듯 살고 싶었습니다. 사회생활의 시작점이 판사였던 것은, 축구로 치면 선수생활 없이 처음부터 심판으로 뛴 셈입니다. 더 늦기 전에 선수로 직접 뛰면서 팀플레이와 환희와 좌절을 모두 경험해보고 싶었습니다. 새처럼 허공에 머물며 멀찍이서 세상을 내려다보는 대신 뱀처럼 직접 대지를 뒹굴어보고 싶었습니다. 세상을 법정에 앉아서 말과 글로만 간접 체험하는 대신 세상 속에서 직접 살아보고 싶었습니다. 퇴근 후나 주말까지도 범죄나 이혼 사건들에 파묻혀 있는 대신, 산보를 나가는 이웃집 토토로처럼 가벼운 마음으로 제가 좋아하는 음식을 시간에 쫓기지 않고 천천히 먹거나 제가 좋아하는 사람들을 만나서 할 말이 소진될 때까지 느긋하게 커피를 마시고 싶었습니다.

그리고 글도 좀더 제대로 읽고, 또 쓰고 싶었습니다. 덕분에 한 월간지에 글을 연재하면서 지난 판사 생활의 소회를 정리할 수 있었고 이를 바탕으로 저의 첫 에세이인 『지금부터 재판을 시작하겠습니다』(창비 2018)를 출간할 수 있었습니다. 그다음 에세이를 쓸 기회가 주어졌을 때 저는 주저 없이 음식 이야기를 해보겠노라고 했습니다. 그것은 무엇보다도 제가 먹는 것을 좋아하기 때문입니다. 많이 먹지는 않지만 일단 먹을 때에는 후루룩, 츠릅츠릅, 꿀걱 하고 맛있게, 열심히 먹습니다.(그래서 딸이 저를 '먹깨비'라 부릅니다.) 먹는 것을 좋아하고, 글쓰기도 좋아하는데, 먹는 것에 대해서 글을 쓰는 일은 얼마나 즐겁겠습니까.

실제로 이 글을 쓰는 시간들은 늘 행복했습니다. 지금 이 순간도 그렇습니다. 저는 거실에 놓인 하얀 테이블 앞에 앉아서 노트북으로 글을 쓰곤 합니다. 고개를 들면 유리문 밖으로 아파트 꼭대기 너머 카푸치노의 우유 거품처럼 떠 있는 구름이 보입니다. 구름을 가만히 쳐다보는 것은 불을 쳐다보는 것처럼 단순해 보이지만 결코 지루하지 않습니다. 제 마음속을 가만히 들여다보고 있는 것처럼, 변화가 없는 것 같으면서도 변화가 있습니다. 글이 정체될 때면 커피를 한모금씩 들이마십니다. 마음속의 활시위가 팽팽하게 당겨지는 느낌이 듭니다. 음악도 빠질 수 없습니다. 청춘의 추억에 빠지려고 부러 '탑골가요'를 들을 때도 있고 모험적인 글을 써보려고 한번도 들어보지 못한 외국 인디밴드의 음악을 찾아서 들을 때도 있지만, 보통 때에는 가사가 없고 유행을 타지 않는 피아노 연주와 같은 잔잔한 음악을 선호합니다. 지금은 조성진이 연주하는 드뷔시의 「달빛」을 듣고 있습니다. 이 곡을 듣고 있으면 영혼이 살균세탁되는 느낌이 듭니다.

그러니까 글이 써지면 써져서 좋고, 글이 안 써지면 구름을 보고, 커피를 맛보고, 음악을 들으니 좋은 것입니다. 볕이 들면 볕을 팔뚝으로 느끼면서, 비가 오면 빗소리를 들으면서, 눈이 오면 눈으로 뒤덮이는 세상을 구경하면서 글을 씁니다. 짜장면, 순대, 두부 같은 것은 테이블 옆에 두고 먹으면서 씁니다. 지방에 출장을 가게 되면 조용한 카페를 찾아가서 홀로 있는 밤의 적적함이 사라질 때까지 씁니다. 그러니 이 글을 쓰는 시간이 어찌 행복하지 않을 수가 있겠습니까.

음식을 주제로 글을 썼지만 사실 음식 자체를 설명하려고 했던 것은 아닙니다. 저는 프랑스의 유명한 요리학교 출신도 아니고 맛집을 탐방하는 미식가도 아닙니다. 짜장면, 순대, 통닭, 곰탕, 돼지갈비 같은 평범한 음식에 저의 설명을 덧붙이는 것이 무슨 의미가 있겠습니까. 다만 이 글은 음식이라는 소재를 빌려 사람들과 삶과 세상에 대해서 이야기하는 글입니다. 결코 잡문이 아닌(무라카미 씨도 그렇게 생각하겠지만)『무라카미 하루키 잡문집』을 보면 작가가 어느 독자로부터 이런 질문을 받습니다. "며칠 전 취직 시험에서 원고지 4매 이내로 자기 자신에 관해 설명하라는 문제가 나왔는데 도저히 설명할 수 없었습니다. 프로 작가인 무라카미 씨라면 그런 글도 술술 쓰십니까?" 이 질문에 대해서 무라카미 하루키는 이렇게 대답합니다. "불가능합니다. 차라리 굴튀김에 관해 써보는 건 어떨까요. 당신이 굴튀김에 관한 글을 쓰면, 당신과 굴튀김의 상관관계나 거리감이 자동적으로 표현되게 마련입니다. 그것은 결국 당신 자신이 어떤 사람인지에 관해 쓰는 일이기도 합니다."

이 글을 쓰면서 생각했던 한가지를 더 말할 수 있다면, 음식의 세계와 법의 세계를 나란히 놓아보고 싶었다는 것입니다. 얼핏 미술관 옆 동물원처럼 어색해 보이기도 합니다. 그러나 그것이 오늘날 재판이 이루어지는 모습이라고 생각합니다. 음식은 그 속에 들어간 탄수화물, 단백질, 지방, 나트륨이 각각 몇 퍼센트인지, 레시피가 무엇인지로 치환할 수 없습니다. 같은 성분, 같은 레시피라도 음식의 모양과 냄새와 맛은 결코 같지 않습니다. 사람도, 사람의 행위도, 그 사람의 인생도 말과 글로, 법과 판례만으로 평가할 수 없습니다. 음식을 알면 알수록 맛이 있다, 혹은 없다라고 단순하게 말할 수 없는 것과 마찬가지로 삶을 살면 살수록 인간을, 그의 행위를, 그의 인생을 유죄와 무죄, 위법과 적법, 좋은 사람과 나쁜 사람으로 판단할 수 없다는 것을 절실히 느끼게 됩니다. 음식을 성분과 레시피가 아닌 음식 자체의 맛과 냄새와 온기로 느끼고 받아들여야 하는 것처럼 사람과 인생도 그 자체로 이해해야 합니다. 그러나 그것은 결코 쉽지 않은 일입니다. 법과대학에서도, 법학 서적에서도, 선배 판사들에게서도 좀처럼 배울 수 없는 일입니다. 그것이 제가 재판에서 자신감을 가지지 못하고 결국 판사도 그만두게 된 결코 작지 않은 이유이기도 합니다. 제가 그동안 문학을 읽고 별 소질도 없으면서 글을 써온 것 역시 그러한 부족함을 어느 정도 해소할 수 있을까 하는 막연한 기대 때문이기도 합니다.

정성을 다해서 글을 완성하고 나면 어김없이 제가 대학생 때 처음으로 소설이라는 것을 쓰고 출력했던 날 새벽이 떠오릅니다. 찌지징 찌지징 거렸던 기숙사의 공용 프린터 작동 소리, 모닝빵처럼 따뜻했던 첫 출력물의 온기, 황금색 아침 햇살에 반짝이던 촉촉한 오솔길 아침이 또렷하게 기억납니다. 지난 2년간 그날의 모닝빵을 만드는 마음으로 이 글을 써왔습니다. 모닝빵은 대단한 기술이 필요하다기보다는 정성이 중요하지 않을까 짐작해봅니다. 저는 좁고 허름하더라도 깨끗한 가게를 마련하고, 창가에는 원목 테이블과 삐걱거리지 않는 튼튼한 의자를 놓고, 제가 여러번 들어서 고른 잔잔한 음악을 틀고, 갓 볶아 향이 좋은 커피를 내리고, 반짝이는 은 나이프를 갈색 냅킨 위에 올려놓고, 새벽에 구입한 신선한 우유, 보드라운 버터와 함께 따뜻한 새 모닝빵을 내어놓는 마음으로 이 글을 썼습니다. 혼자서 밥을 먹는 모든 이들에게 하루를 버틸 수 있는 힘이 되면, 사는 듯 사는 데 필요한 힘이 되면 좋겠다는 마음으로요. 모쪼록 맛있게 드시기를 바랍니다.

혼밥 판사

초판 1쇄 발행／2020년 7월 24일
초판 3쇄 발행／2021년 4월 2일

지은이／정재민
펴낸이／강일우
책임편집／이하늘
조판／신혜원
펴낸곳／(주)창비
등록／1986년 8월 5일 제85호
주소／10881 경기도 파주시 회동길 184
전화／031-955-3333
팩시밀리／영업 031-955-3399 편집 031-955-3400
홈페이지／www.changbi.com
전자우편／nonfic@changbi.com

ⓒ 정재민 2020
ISBN 978-89-364-7813-1 03810

＊이 도서는 한국출판문화산업진흥원의
 '2020년 우수출판콘텐츠 제작 지원' 사업 선정작입니다.
＊이 책 내용의 전부 또는 일부를 재사용하려면
 반드시 저작권자와 창비 양측의 동의를 받아야 합니다.
＊책값은 뒤표지에 표시되어 있습니다.